荐读

文学和科学，如同父亲的两只臂膀，支撑孩子具备更高的人文和科学文化素养。科普阅读就是连接文学与科学的肌肉，从小进行科普阅读的孩子自然就有了思维的"肌肉记忆"，乐于完成高难度的"思维体操"。

——中国科学院大学科学传播系教授　詹琰

怎么读名著收获更大？《当名著遇见科学》把名著中涉及的地理、历史、物理、化学等知识都穿插讲解出来，读一本名著，相当于上一堂包罗万象的名著百科课。

——科技部全国优秀科普作品奖获奖者、"童书育儿法"创始人　陈苗苗

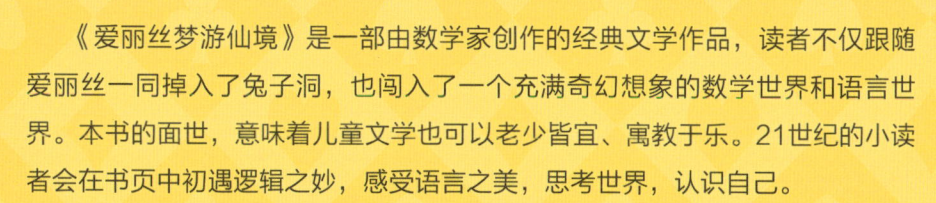

《爱丽丝梦游仙境》是一部由数学家创作的经典文学作品，读者不仅跟随爱丽丝一同掉入了兔子洞，也闯入了一个充满奇幻想象的数学世界和语言世界。本书的面世，意味着儿童文学也可以老少皆宜、寓教于乐。21世纪的小读者会在书页中初遇逻辑之妙，感受语言之美，思考世界，认识自己。

——东南大学外国语学院英语文学副教授　张德旭

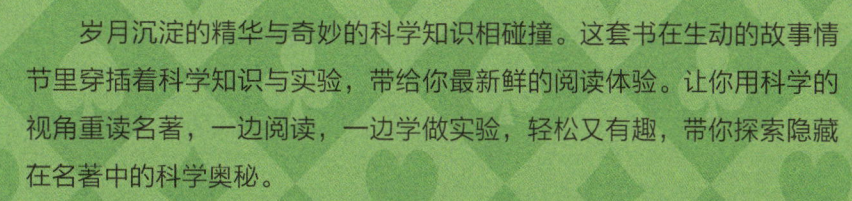

岁月沉淀的精华与奇妙的科学知识相碰撞。这套书在生动的故事情节里穿插着科学知识与实验，带给你最新鲜的阅读体验。让你用科学的视角重读名著，一边阅读，一边学做实验，轻松又有趣，带你探索隐藏在名著中的科学奥秘。

——首都师范大学附属小学语文教师　梁硕霞

爱丽丝梦游仙境
Alice in Wonderland

正如"一千个读者眼中就有一千个哈姆雷特",每一本名著也有一千种读法,那么用科学家的视角去看名著又会发生什么呢?这套《当名著遇见科学》在回味经典的同时也给了我们一个崭新的体验。

——理工男&工程师,科普系列图书《科技史笔记》作者　张皓

经典的名著故事,结合着有趣的科学小实验,吸引着一个个爱科学、爱阅读的孩子。

——书单(Booklist)

孩子的关注点与成年人不同,他们出于对这个世界的好奇更关注细节,执着于问"为什么"。恰恰是这些容易被我们忽略的"为什么",搭建起了孩子的认知世界。这套书用一个个小手工、小实验让孩子在那些曾经触动一代又一代人的名著世界中畅游,手、眼、脑协动,深刻体验这个世界。

——北京市丰台区少年宫艺术培训学校大(三)班　王宥澄家长

这里有充满童趣的童话故事,也有严谨的科学知识,还有有趣的实验游戏。让我们一起动手制作小玩具,在童话里学习科学吧!这种感觉很奇妙,像吃了一颗含有维生素ABCDE的彩虹棒棒糖!

——沈阳市静美小学教育集团三年级五班　石悦平

爱丽丝梦游仙境
Alice in Wonderland

当名著遇见科学

上篇

爱丽丝梦游仙境

[英] 刘易斯·卡罗尔 著
[英] 凯蒂·迪克尔 改编
王晋 译

电子工业出版社
Publishing House of Electronics Industry
北京·BEIJING

Published in 2021 by Mortimer Children's Books
An imprint of Welbeck Children's Limited, part of Welbeck Publishing Group
20 Mortimer Street London W1T 3JW

Text, Illustration & Design © Welbeck Children's Limited, part of Welbeck Publishing Group.

本书中文简体版专有出版权授予电子工业出版社。未经许可，不得以任何方式复制或抄袭本书的任何部分。
版权贸易合同登记号　图字：01-2022-7104

图书在版编目（CIP）数据

爱丽丝梦游仙境：上下篇 /（英）刘易斯·卡罗尔著；（英）凯蒂·迪克尔改编；王晋译 . —北京：电子工业出版社，2023.5
（当名著遇见科学）
书名原文：STEAM TALES
ISBN 978-7-121-44975-8

Ⅰ.①爱… Ⅱ.①刘… ②凯… ③王… Ⅲ.①童话－英国－近代 Ⅳ.①I561.88

中国国家版本馆 CIP 数据核字（2023）第 017552 号

审图号：GS 京（2022）1401 号
本书插图系原文插图。

"企鹅"及其相关标识是企鹅兰登已经注册或尚未注册的商标。
未经允许，不得擅用。
封底凡无企鹅防伪标识者均属未经授权之非法版本。

责任编辑：郭景瑶
文字编辑：刘　晓
印　　刷：北京利丰雅高长城印刷有限公司
装　　订：北京利丰雅高长城印刷有限公司
出版发行：电子工业出版社
　　　　　北京市海淀区万寿路 173 信箱　邮编：100036
开　　本：787×980　1/16　印张：41　字数：524.8 千字
版　　次：2023 年 5 月第 1 版
印　　次：2023 年 5 月第 1 次印刷
定　　价：239.00 元（全 8 册）

凡所购买电子工业出版社图书有缺损问题，请向购买书店调换。若书店售缺，请与本社发行部联系，联系及邮购电话：(010) 88254888，88258888。
质量投诉请发邮件至 zlts@phei.com.cn，盗版侵权举报请发邮件至 dbqq@phei.com.cn。
本书咨询联系方式：(010) 88254210，influence@phei.com.cn，微信号：yingxianglibook。

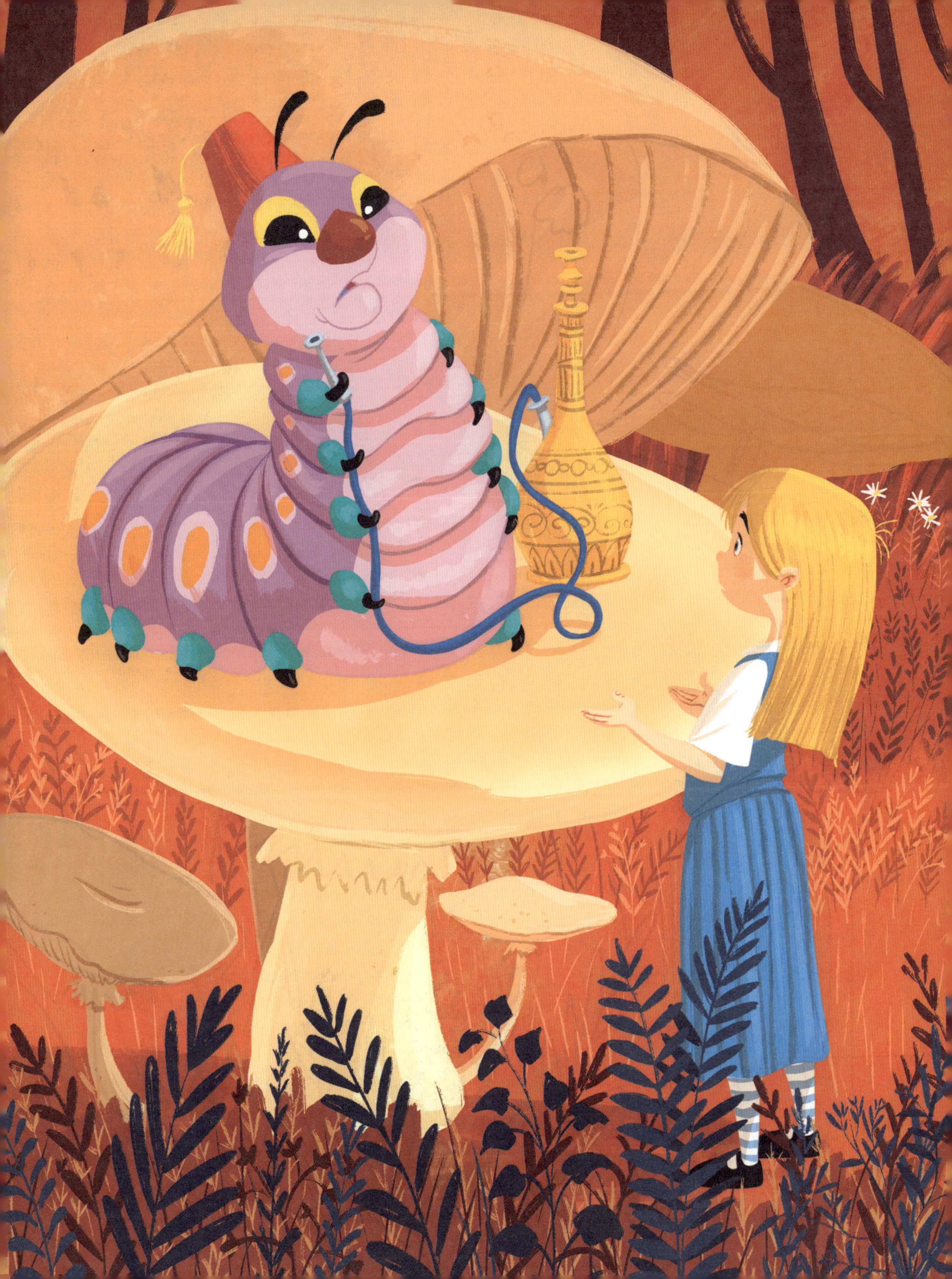

目 录
contents

第一章 跳进兔子洞

- "往下掉"是怎么回事？ / 010
- 粗糙和光滑 / 015
- 制作降落伞 / 016
- 让回形针悬浮起来 / 018

第二章 眼泪池

- 眼泪有多咸？ / 024
- 老鼠为什么不喜欢猫？ / 029
- 把纸盘变高 / 030
- 扭曲的图像 / 032

第三章 集体赛跑

- 不沾水的鸭子羽毛 / 036
- 水去了哪里？ / 039
- 模拟水循环 / 044
- 制作文字拼贴画 / 046

第四章 比尔进来了

- 控制与协调 / 052
- 蜥蜴能飞多远？ / 056
- 制作纸扇子 / 058
- 缩小和膨胀的鸡蛋 / 060

第五章 毛毛虫的建议

- 自然界的图案 / 065
- 记忆游戏 / 068
- 几何艺术 / 072
- 不受控制的手臂 / 074

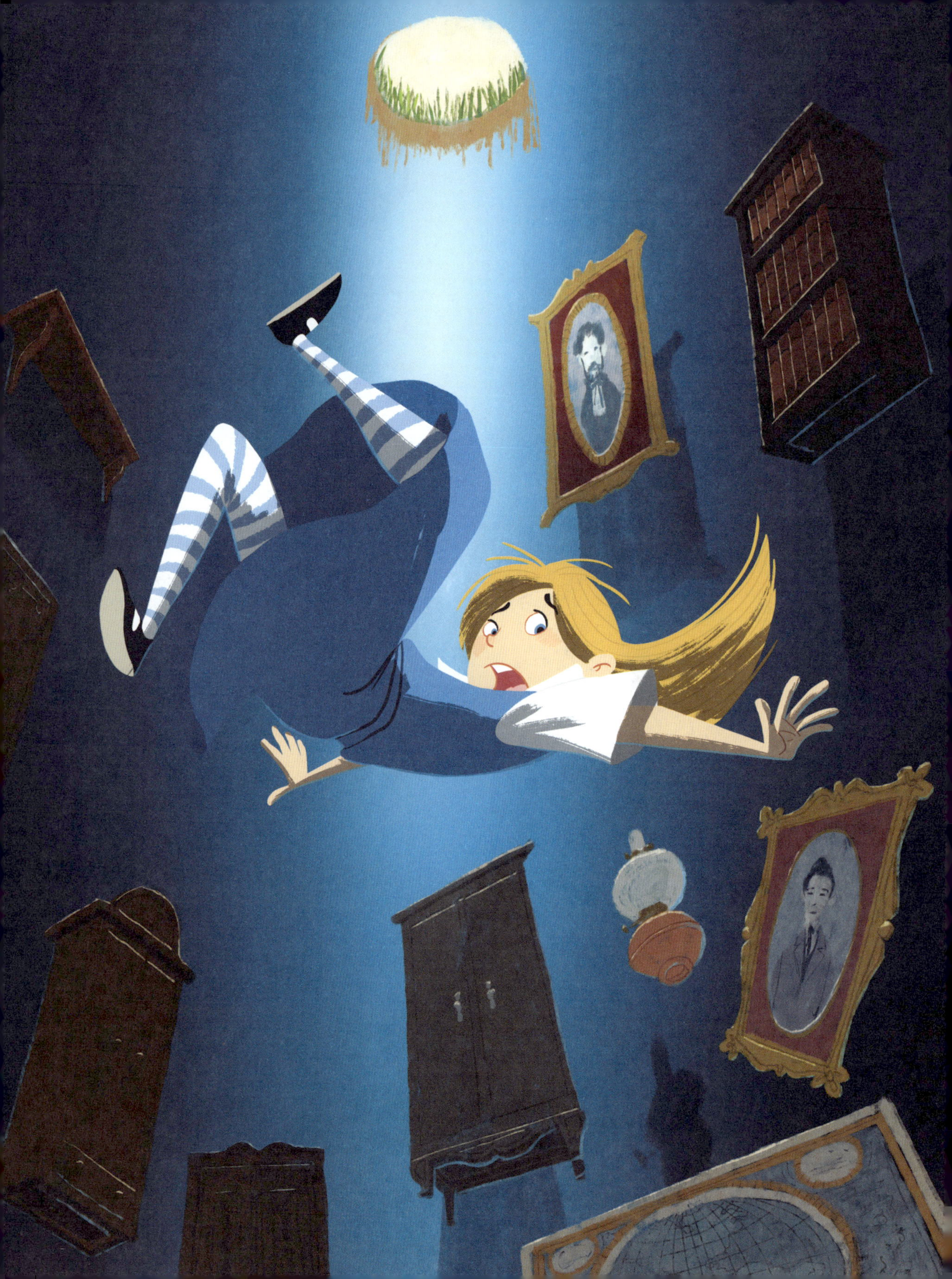

第一章　跳进兔子洞

　　太阳晒得人越来越热，真有点儿不舒服。爱丽丝在岸边坐起来，打了个哈欠，伸了伸懒腰。她觉得很无聊，没什么事情可做。姐姐在她身边安静地读着书。爱丽丝瞟过几眼那本书，里面既没有图画，也没有对话，吸引不了她的注意力。

　　"一本没有图画和对话的书，能有什么意思？"爱丽丝心想。

　　爱丽丝正在考虑要不要编个雏菊花环，可编花环真有那么好玩吗？值得起身去摘雏菊吗？就在这时，一只粉红眼睛的白兔从

她身边窜了过去。爱丽丝姐姐的心思全在书上,她似乎没有注意到那只兔子。

"天哪!天哪!我要迟到啦!"白兔从彩色马甲里掏出怀表边看边叫道。起初,爱丽丝觉得有只兔子跑过去没什么奇怪的,但她转而想到自己以前从未见过穿马甲的兔子,更不用说兜里有表的兔子了,于是忍不住跟了上去。

"我去采些雏菊!"她对姐姐说。爱丽丝跳起来,跟着那只奇怪的小动物穿过田野。她看到白兔消失在树篱下的一个大兔子洞里。她想都没想,就跟着跳了下去,压根没有考虑怎么出来的问题。

一开始,兔子洞和一条普通的隧道一样,黑乎乎的。爱丽丝还没反应过来,隧道陡然下斜,她发现自己在往下掉,不停地往下掉。她想,这肯定是一口很深的"井",要不就是她下降的速度很慢。

洞里太黑,她看不清楚下面的情况,但"井"的周围似乎放满了东西,有橱柜、书架、图片和地图。爱丽丝经过一个架子时,伸手拿了一个罐子,上面写着"橘子酱"三个字。

可令她失望的是,罐子里面什么也没有。爱丽丝紧紧地握住空罐子,以免它掉下去,砸到下面的人,直到又经过一个架子,她才把罐子放了回去。

爱丽丝继续往下掉,往下掉,往下掉。什么时候是个头儿呢?"真不知道我现在往下掉了多少英里(一英里约为一千六百米),"她想,"也许我正前往地球的中心呢?"

爱丽丝心想,反正闲着没事,不如练习练习在学校学到的知识吧。她只记得,地球中心大约在四千英里以下。她一刻不停地想着自己的处境:"真不知道我会不会穿过地球,见到那些头朝下走路的人!如果能见到,我得问问他们那儿是哪个国家。澳大利亚?还是新西兰?"爱丽丝边想边练习屈膝礼(在空中坠落时,这可不容易做到)。然后她又想,别人如果发现她不知道自己在哪里,肯定会嘲笑她,所以可不能随便开口去问,但是可以四处找找标志牌,说不定那里会写着那个国家的名字。

爱丽丝想着想着,已经开始打瞌睡了。突然,砰!她掉在了一堆树枝和枯叶上,终于不再往下掉了。

让回形针悬浮起来

爱丽丝因为地心引力一直往下掉。她能不能用磁铁使其他物体挣脱地心引力的束缚呢?要知道,磁力如果足够大的话,甚至可以吸起沉重的金属物体。

把书翻到第18页,看看如何利用磁力使回形针摆脱地心引力悬浮起来吧。

知识园地

"往下掉"是怎么回事?

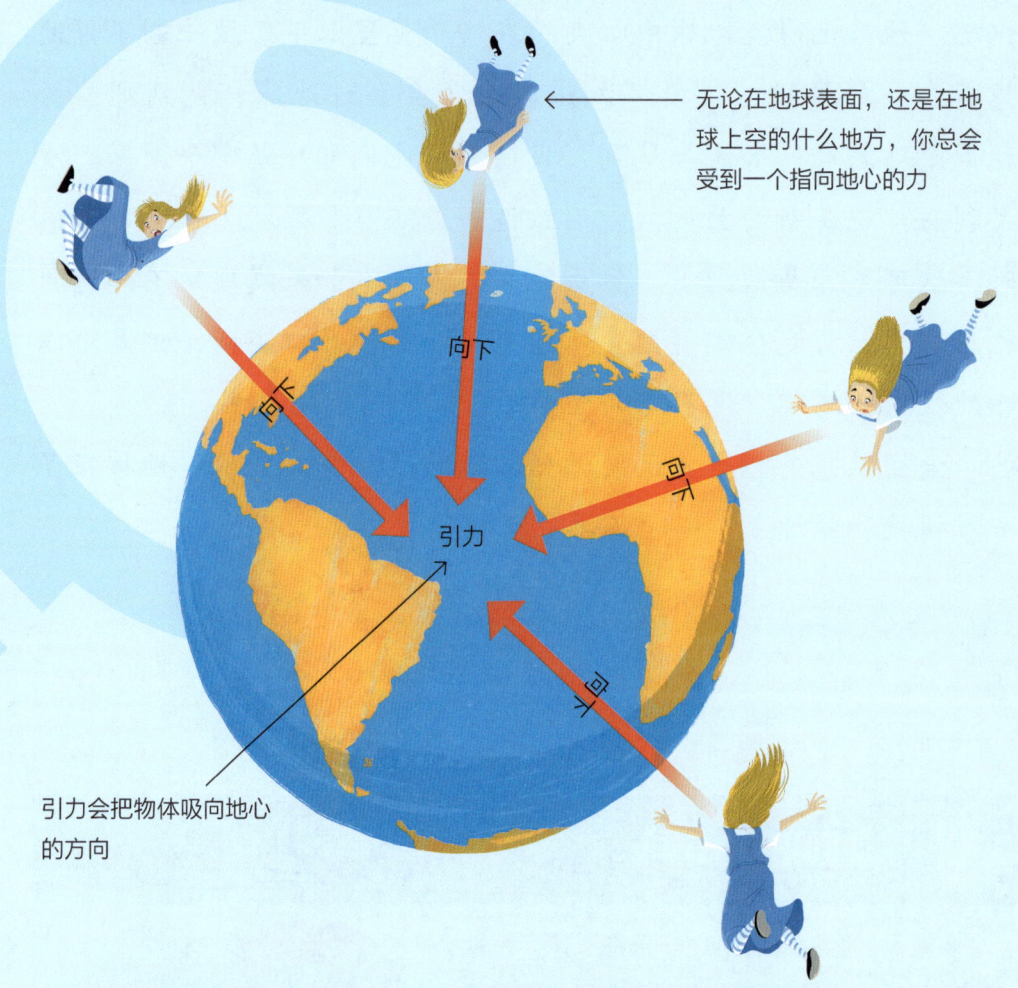

无论在地球表面,还是在地球上空的什么地方,你总会受到一个指向地心的力

向下

向下

向下

向下

引力

引力会把物体吸向地心的方向

爱丽丝到了世界的另一头,那里的人真的会大头朝下吗?

每个有质量的物体都会产生引力,物体的质量越大,其引力就越大。一个庞然大物,比如地球,会产生很大的引力,把我们拉向地球的中心。

无论我们站在地球表面的什么地方,引力的方向都是"向下的",所以即便爱丽丝直接穿越地球,她也不会大头朝下,那里的人也不会大头朝下。

爱丽丝很惊讶，自己竟然毫发无损。她跳了起来，开始打量周围的环境。前面有一条通道，她可以看到白兔正在匆匆赶路。爱丽丝以最快的速度追了上去。

"哦，我的老天爷啊，怎么这么晚了！"白兔感叹道。爱丽丝以为自己马上就追上了，这时白兔转了个弯，消失不见了。爱丽丝发现自己在一个长长的、低矮的大厅里，天花板上挂着一排排灯。大厅四周都是门，爱丽丝挨个试了试，发现它们全都锁着。

爱丽丝正寻思着怎么才能走出这个大厅，突然发现房间中间有一张小玻璃桌，桌子上放着一把小小的金钥匙！爱丽丝猜想，这把钥匙肯定能打开其中一扇门。可当她挨着试时，她发现，不是锁太大，就是钥匙太大，一扇门也打不开。爱丽丝又查看了一遍房间，胳膊碰到了一副之前没有注意到的低矮窗帘。她把窗帘拉到一边，发现里面有一扇小门，大概也就十五英寸（约三十八

降落伞

爱丽丝很幸运，落地时没有受伤。有什么东西可以帮助爱丽丝从那么高的地方掉下去，却能轻轻落在地面上呢？降落伞可以增加下落物体的空气阻力，使其减速，从而安全着陆。

把书翻到第16页，看看如何做一顶降落伞，让物体缓慢下落，轻轻着陆吧。

厘米）高。爱丽丝把钥匙插进锁眼里一试，门"咔嚓"一声打开了！爱丽丝高兴极了。

门外有一段小小的通道，和老鼠洞差不多。爱丽丝跪下来，顺着通道往里望去。她看到通道的尽头是一座漂亮的花园，她从来没有见过这么迷人的花园。爱丽丝心想："哦，我真希望能离开这个昏暗的大厅，去那五颜六色的花丛中走走，看看那清爽的喷泉！"可是门太小了，爱丽丝连头都伸不进去，就算头能进去，肩膀也不可能进去！

爱丽丝想，自己要是能像望远镜一样合起来，该有多好。"要是我知道怎么能合上就好了。"这一天发生了这么多稀奇古怪的事情，爱丽丝不禁觉得一切皆有可能！在小门旁边干等着也没用，于是爱丽丝关上门，回到桌子旁，想着也许还能找到一把钥匙，或是一些教人如何像望远镜一样合上的指南。

爱丽丝惊奇地发现桌子上有一个小瓶子。"我敢肯定刚才它还不在这儿。"爱丽丝自言自语道。瓶颈上挂了一个标签，上面用漂亮的字体写着"把我喝下去"。爱丽丝可不是小傻瓜，她知道喝自己没见过的东西很危险，所以不会因为瓶子上写着她应该喝她就会喝！

她检查了一下瓶子，想看看上面有没有标着"有毒"的字样，或是有没有其他线索说明瓶子里装着什么东西。爱丽丝什么也没有发现，于是喝了一小口，觉得非常好喝。实际上，这种饮料的味道就像樱桃馅饼、菠萝、奶油冻、烤火鸡、太妃糖、热腾腾的黄油面包和豆子混在一起的味道。混合的味道太好啦！爱丽丝一口气就把它喝完了。

"多么奇怪的感觉啊！"爱丽丝说。她惊讶地发现自己只有大约十英寸（约二十五厘米）高了。她之前的愿望实现了，现在的身高正好能穿过那扇小门。爱丽丝稍微犹豫了一下，看看自己是不是还在继续缩小。"如果我继续缩小，说不定会像一根蜡烛一样完全消失呢！"

爱丽丝发现自己没有再发生变化，于是向那扇小门走去。可令她失望的是，门锁上了，而她忘记拿钥匙了。钥匙就放在桌子上，可桌子现在对她来说太高了。

爱丽丝可以透过玻璃清楚地看到钥匙躺在上面，可就是没有办法拿到它。她试着顺着桌子腿往上爬，但桌子腿太滑了。才爬了不一会儿，她就累得够呛，气急败坏地一屁股坐在地上大哭起来。

爱丽丝努力让自己振作起来。"好啦，哭有什么用！"她严厉地对自己说，之后擦去脸上愤怒的泪水。"你应该立刻停下来。"她经常这样责骂自己，可是要听从自己的建议并不是那么容易的事。有时候，爱丽丝会假装成两个人。有一次，她甚至因为和自己玩槌球时作弊而扇了自己几个耳光。"现在假装成两个人有什么用！"爱丽丝想，"我现在缩成这么一点儿，连一个人都快凑不够了！"

就在这时，爱丽丝的目光落在了桌子下面的一个小玻璃盒上。"真奇怪，"她想，"不断有东西出现呢！"她打开盒子，发现里面有一块非常小的蛋糕。上面用葡萄干漂亮地写着"把我吃下去"。爱丽丝有点愤愤不平。"好吧，吃就吃！"她大声说，"我吃不了亏。如果它能让我变大，我就可以拿到钥匙了。如果它能让我变小，我就从门缝底下钻出去！不管变大，还是变小，我都能进入花园，随便怎么样都行！"

粗糙和光滑

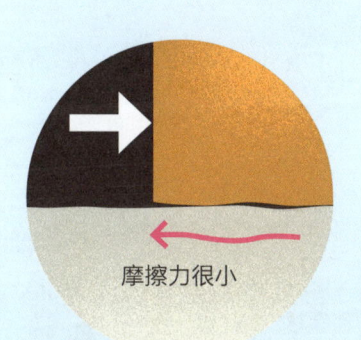

摩擦力很小

光滑的表面相互接触时,产生的摩擦力很小

摩擦力很大

粗糙的表面相互接触时,产生的摩擦力很大

爱丽丝　桌子腿

爱丽丝和光滑的桌子腿之间的摩擦力很小,所以她总是滑下来

移动

为什么爱丽丝顺着桌子腿怎么爬也爬不上去?

摩擦力会降低运动物体的速度。摩擦力的大小取决于相互接触的材料,玻璃的表面十分光滑,所以摩擦力很小,而像树皮那样粗糙的材料会产生较大的摩擦力。爱丽丝不能顺着桌子腿爬上去,是因为桌子腿的表面比较光滑,摩擦力很小。

动手做一做

制作降落伞

通过该过程，你可以了解如何通过增加空气阻力来减缓坠落物体的速度，使其安全落地。

准备材料
- 尺子
- 彩笔
- 塑料袋
- 绳子
- 剪刀
- 胶带
- 玩具小人

1. 用尺子和彩笔在塑料袋上画一个边长约为20厘米的正方形，然后把它剪下来。

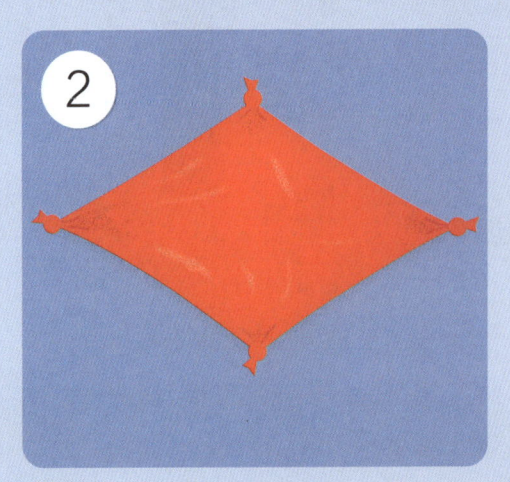

2. 给正方形的每个角打一个结。

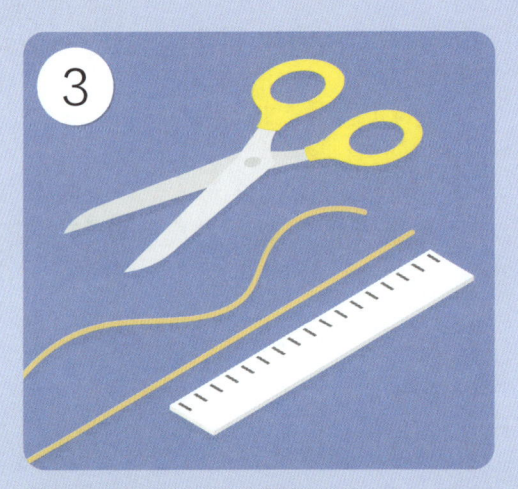

3. 剪下两段长约40厘米的绳子。

工程

提示
将绳子绑在打好的结的后面,这样绳子不容易滑落。

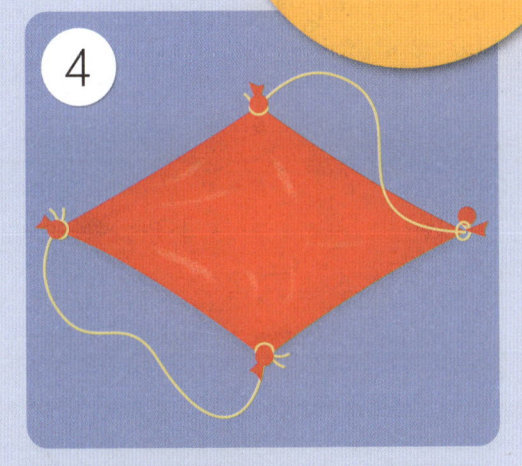

④ 将一根绳子的两端系在塑料正方形相邻的两个角上,将另一根绳子系在另外两个角上,使它们各自形成一个环。

⑤ 将绳子绕到玩具小人的胳膊下面,用胶带将绳子固定住。

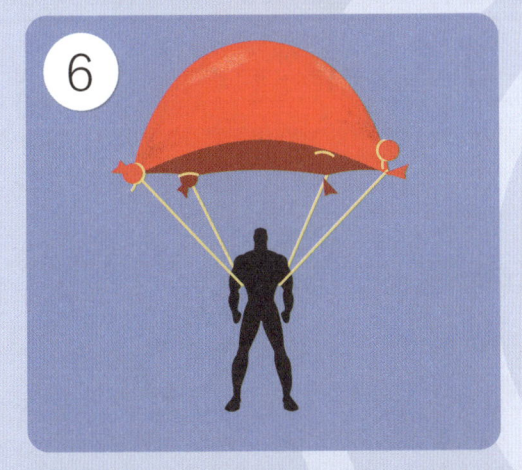

⑥ 把降落伞举得高高的,然后松开手,玩具小人就会慢悠悠地飘落到地上。

原理
因为重力的原因,玩具小人最终会掉在地上,但降落伞会增加空气阻力,从而减缓它下落的速度。

动手做一做

让回形针悬浮起来

通过这个实验,我们可以知道如何像表演魔术一样,让回形针悬浮起来。想一想,有没有可能让一个以上的回形针同时悬浮起来?

1

准备材料

- 积木
- 强力磁铁
- 胶带
- 3个或更多的回形针
- 细线

用积木简单搭一座桥,保证桥下的空间足以让回形针悬浮起来。

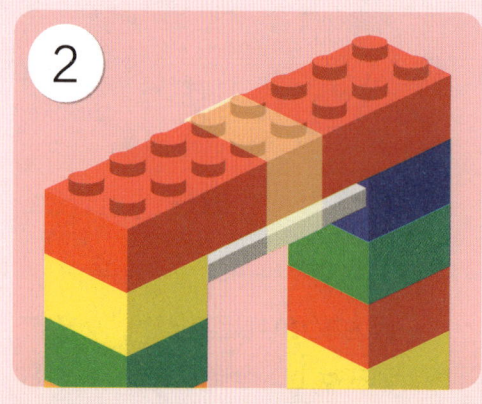

2

用胶带将磁铁粘在桥面的下表面。

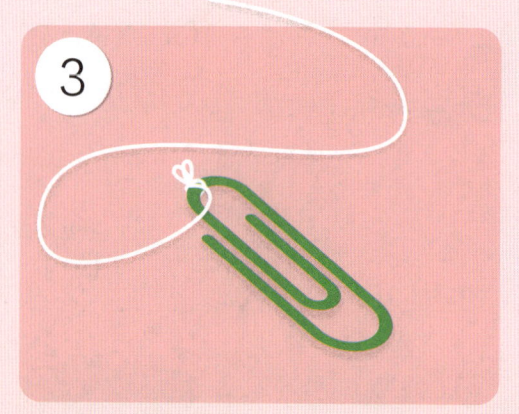

3

剪一段线,线的长度要比桥的高度稍长一些,将线的一端系在回形针上。

科学

4

从地面开始，慢慢地将回形针靠近磁铁，直到感觉到上方磁铁的吸引力。回形针可以悬浮在半空中吗？

5

当回形针悬浮起来后，把线的另一端用胶带粘在地上。

6

你能让一个以上的回形针同时悬浮起来吗？再拿一个回形针，把它轻轻地靠在悬浮的回形针上。重复这个过程，看看最多可以让几个回形针悬浮起来。

原理

当回形针悬浮在半空中时，有两个力作用在它的身上：磁铁的吸引力和自身的重力。上方的磁铁给回形针一个向上的吸引力，同时重力给回形针一个向下的拉力。回形针悬浮的位置是这两种力达到平衡的地方。

019

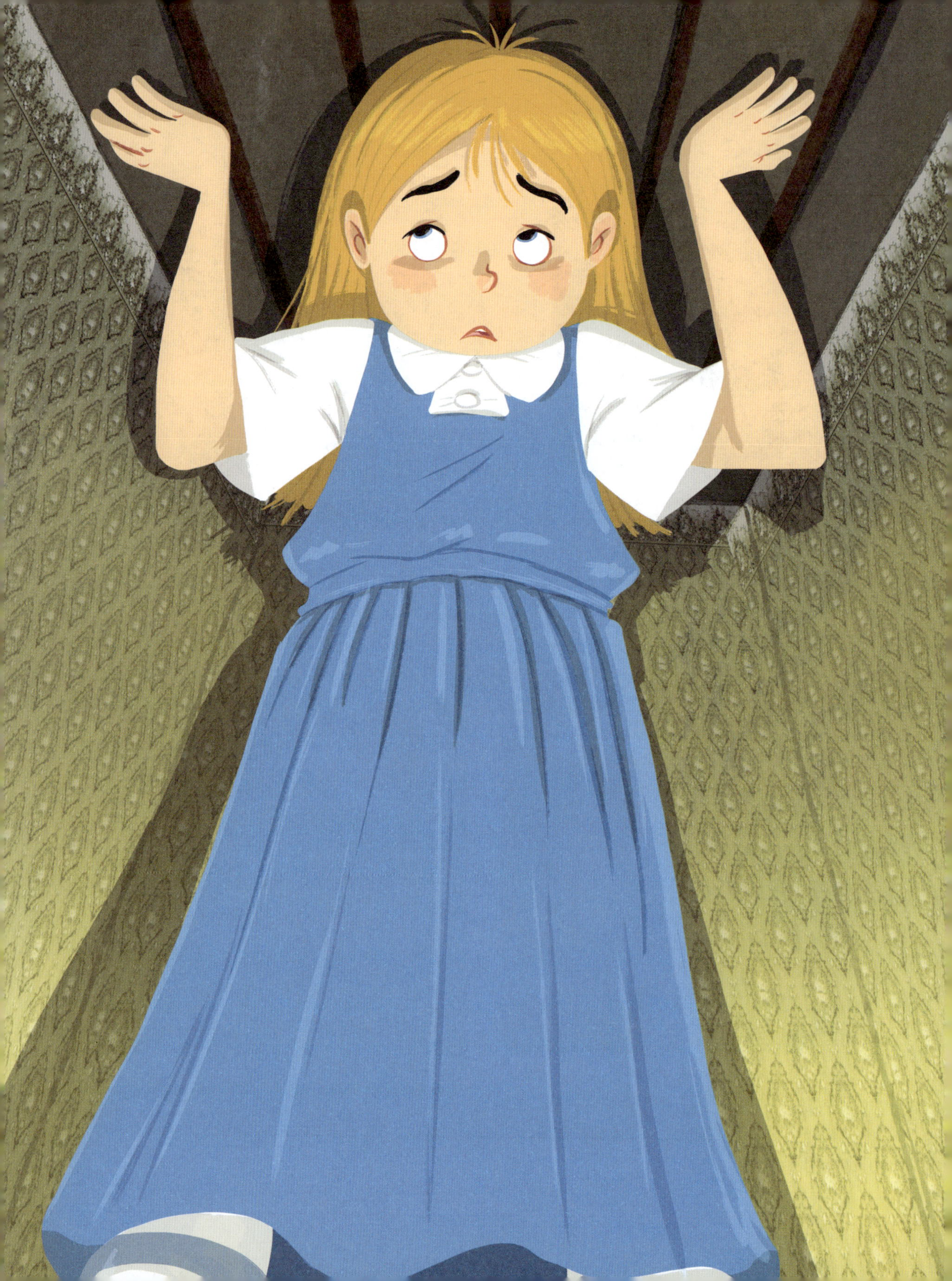

第二章 眼泪池

爱丽丝吃了一点点蛋糕，急切地想知道会有什么样的结果。她把手放在头顶上，看看自己会变大，还是会变小。实际上，她的个头没有什么变化！说句公道话，吃蛋糕一般都是这样的。可是，这一天充满了惊喜，爱丽丝确信会有什么事情发生。结果，什么都没有发生。爱丽丝觉得非常乏味，于是大口吃起来，很快就把蛋糕吃完了。

"太奇怪了！"爱丽丝大声说，"现在我像最大的望远镜打

开了一样！再见，我的脚！"当她低头看自己的双脚时，它们离得那么远，几乎快要看不见了。"哦，天哪，我可怜的脚，现在谁来给你们穿鞋和袜子呢？我可够不着了！"爱丽丝笑着说。一切都变得相当滑稽。"但我必须对我的脚好一点，"她想，"要不然，它们可能不会按我的想法走路！让我想想，也许我可以每年圣诞节给它们买一双新靴子。"爱丽丝开始琢磨怎么完成这件事。"真好玩，"她想，"我得把它们寄过去，上面的地址会多么奇怪啊！"

"哦，天哪，我在胡说八道些什么啊！"爱丽丝咯咯地笑了起来。就在这时，她的头撞到了大厅的天花板。实际上，她现在已经超过九英尺（约二百七十厘米）高了。她立刻抓起金钥匙，向小门走去。

可怜的爱丽丝，匆忙之中，她完全忘了自己是不可能穿过那扇小门去花园的。她躺在地上，用一只眼睛无助地往门里看，然后坐直身子，又哭了起来。

火炉旁
壁炉前的地毯
爱丽丝的右脚收
（爱你的爱丽丝寄）

纸盘能变多高？

爱丽丝发现自己正如她猜想的那样越长越高。

在不增加任何东西的情况下，有没有可能使一个物体变高呢？这完全取决于它在周围空间的排布情况。

你能用一把剪刀使纸盘长高吗？把书翻到第30页，看看如何让纸盘尽可能变高吧。

"你真应该为自己感到害臊！"爱丽丝又开始责备自己了，"像你这样一个大姑娘，还这样哭。赶紧停下来，听到没有！"但她还是哭个不停，眼泪哗哗往下流，她的周围已经积了一大片泪水，大约有四英寸（十厘米）深，正往大厅的另一边蔓延。

过了一会儿，爱丽丝听到远处传来一阵嗒嗒的脚步声。她赶紧擦干眼泪，整理好自己的情绪，看看是谁来了。原来是白兔，他正急匆匆地向大厅跑来！他换上了华丽的服装，一只手拿着一双白色皮手套，另一只手拿着一把大扇子。他飞快地走过来，边走边嘀咕着："哦！公爵夫人，公爵夫人！哦！如果我让她久等，她肯定会发怒的！"

爱丽丝因为自己的处境而感到难过，不管碰到谁，她都会选择去求助。当白兔走近时，她胆怯地小声说道："先生，求求你……"白兔吓了一跳，扔下扇子和白手套，以最快的速度逃走了。

"哦，天哪！"爱丽丝捡起扇子和手套。大厅现在变得很热，她很高兴有扇子可以扇风。"今天发生的所有事情怎么都这么奇怪啊！昨天一切还都正常，也许夜

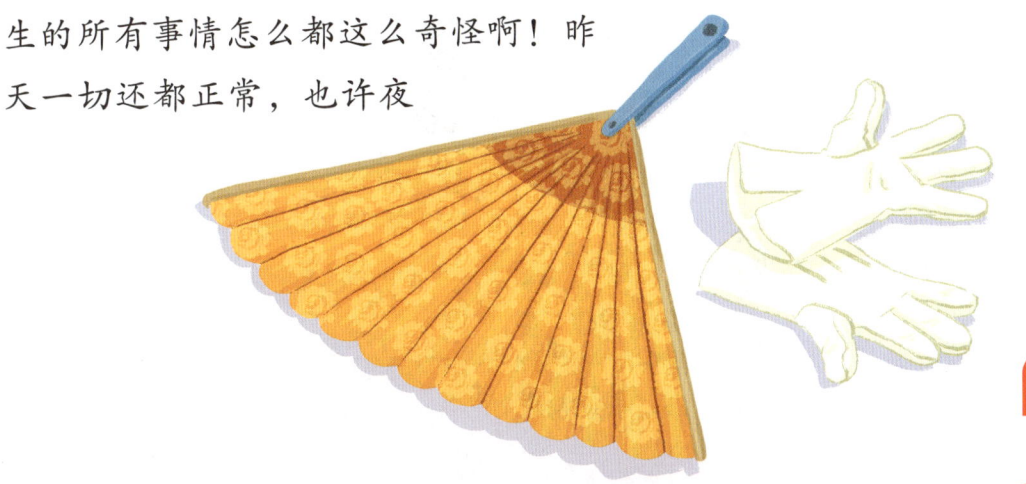

眼泪有多咸？

爱丽丝忍不住哭了起来，咸咸的泪水淌满了整个大厅。

眼泪的含盐水平会因哭泣原因的不同而发生变化。**基础眼泪**使我们的眼睛保持健康和湿润，它含有大约1%的盐。**反射性眼泪**可以洗去灰尘和其他刺激性物质，它的含盐量也是1%。由强烈情绪引发的眼泪，比如爱丽丝的眼泪，被称为**"情绪化眼泪"**。它所含的盐分略少，替代的是其他可以缓解疼痛和改善情绪的物质。因此，爱丽丝的眼泪可能并不像她想象的那样咸。

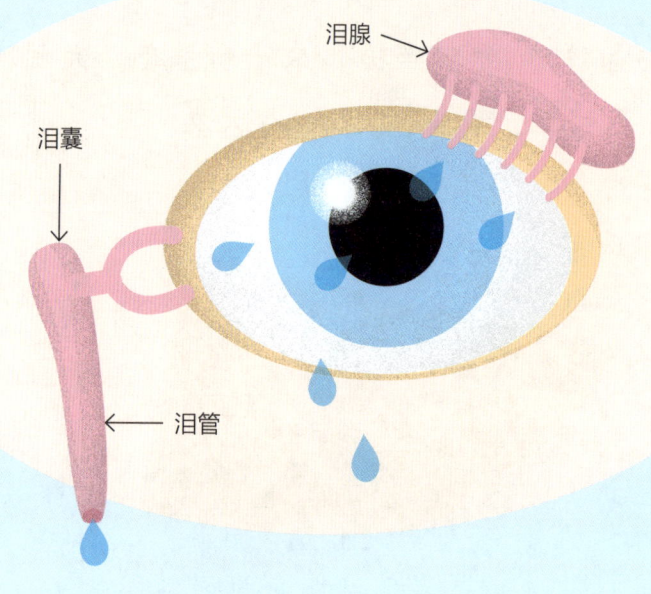

里起了什么变化？让我想想，我今天早上起来的时候还是老样子吗？我好像记得当时就感觉有点儿不对劲儿了。如果我变得不一样了，那我是谁呢？"爱丽丝开始回忆她认识的所有与她同龄的孩子，看看她是不是变成了他们中间的某一个。

"我不可能变成艾达，因为她拥有长长的卷发。我也不可能是梅布尔，因为我知道的东西比她多。"爱丽丝想，"我要看看我是不是还像以前那样记得那么多事儿。让我想想……四乘五等于十二，四乘六等于十三，四乘七等于……哦，天哪！这样算下去，什么时候是个头。来试试地理吧。伦敦是巴黎的首都，巴黎是罗马的首都，罗马……不对，不对，全都错了，肯定错了！也许我真的变成了梅布尔！"

爱丽丝不停地回忆自己在学校学到的知识。她想背诵一首诗，可她的声音听起来沙哑而奇怪，说出来的词也完全不一样！"哦，天哪！哦，天哪！"爱丽丝突然哭了起来，"我真希望有人能来救我，我一个人在这里实在待够了。"

扭曲的图像

爱丽丝感觉自己不像自己了，她想知道自己的样子是不是也变了。也许她被拉长了，或被缩小了，或以某种方式扭曲了——就像哈哈镜里看到的模样。

把书翻到第32页，用弯曲的镜面看看自己扭曲的图像，体会一下爱丽丝的感受吧。

这时，爱丽丝低头看了看自己的双手，她惊讶地发现自己戴上了白兔的一只白色皮手套。"我是怎么做到的呢？我肯定是又变小了！"爱丽丝走到桌子旁去量自己的个头，发现自己现在大约只有两英尺（约六十厘米）高，而且还在迅速缩小。爱丽丝很快意识到自己变小的原因就是那把扇子。她赶紧丢掉扇子，还好丢得及时，要不然她就缩没了。

"真悬啊！"爱丽丝说。她对这突如其来的变化感到十分害怕，但也很高兴自己还活着。"现在我得去花园了！"爱丽丝全速奔向那扇小门。但令她失望的是，门又锁上了，而那把金钥匙还像以前一样躺在玻璃桌上。"这下子更糟了！"爱丽丝抽泣着说。她哭得更厉害了。突然，她脚下一滑，"啪"的一声，掉进了齐下巴深的咸水里。

起初，爱丽丝以为自己肯定是掉到海里了。不过，她很快意识到，这是她哭出来的眼泪池，"我真后悔，不该哭得那么厉害！"她边想边游，想找到一条出路，"淹没在自己的眼泪中，是对我这个爱哭鬼的惩罚。这是一件多么奇怪的事

啊！不过，今天的每件事情都很奇怪。"

　　就在这时，她听到池子不远处有什么东西在扑腾。起初，她以为是一只海象或河马，后来她想起自己变得有多小，便意识到，那只是一只跟自己一样不小心滑进眼泪池里的老鼠。

　　"和这只老鼠说说话会有用吗？"爱丽丝想，"这里的一切都这么奇怪，这只老鼠也许能说话，试试总没什么坏处。"于是她开口问道："哦，老鼠，你知道怎么离开这个池子吗？我都游得烦了。哦，老鼠！"爱丽丝觉得这是接近这个小家伙的最好方法。老鼠非常好奇地看着她，好像还眨了眨一只小眼睛，但什么也没说。

　　"也许他不懂英语？"爱丽丝想，"他可能是一只法国老鼠，和征服者威廉一起过来的！"爱丽丝的历史知识有限，她不知道诺曼人是在900多年前入侵的。她又用法语试了试："我的猫在哪里？"这是她法语书中的第一句话。老鼠突然跃出水面，吓得浑身发抖。"哦，对不起！"爱丽丝喊道，她担心自己伤害了这只可怜小动物的感情，"我忘了老鼠不喜欢猫。"

"不喜欢猫？"老鼠用尖锐的声音叫道，"如果你是我，你会喜欢猫吗？"

"我想不会。"爱丽丝回答，"不过，我真希望能让你看看我们的小猫迪娜。我想，你要是见到她，你就会喜欢上猫。"爱丽丝一边在池子里懒洋洋地游来游去，一边继续说着，她一半是在自言自语，"她坐在火炉边，呼噜呼噜得特别可爱，舔爪子，洗脸。她可会抓老鼠啦！哦……对不起。"这一次，老鼠浑身的毛都竖了起来，爱丽丝觉得他肯定是生气了。"如果你不愿听，咱们就不提她了。"

"当然不愿听，"老鼠颤抖着说，"好像我愿意谈这种事一样！"

爱丽丝赶紧换了个话题。"你喜欢——狗吗？"她问。老鼠没有回答。于是爱丽丝继续说下去："我们家附近有一只十分可爱的小狗！他的主人是一个农夫。他说这只狗能把所有的老鼠都咬死，而且……哦，天哪！我又惹恼你了！"老鼠以最快的速度游走了，还溅起了一大片水花。

爱丽丝用温柔的声音呼喊着："哦，老鼠！快回来吧。如果你不喜欢，我们不谈猫，也不谈狗了！"老鼠听了这话，转过身子，慢慢地游回她的身边。他脸色煞白，用颤抖的声音说："咱们游到岸上吧，我会告诉你我为什么讨厌猫和狗。"

确实该上岸了。池子里越来越挤，里面都是不小心掉进来的鸟儿和其他动物。有一只鸭子、一只渡渡鸟，一只鹦鹉、一只小鹰，还有其他一些奇怪的动物。爱丽丝在前面带路，大家一起朝岸边游去。

知识园地

老鼠为什么不喜欢猫？

爱丽丝的小猫迪娜很可能会把老鼠视为美味佳肴。实际上，野猫就靠吃老鼠和其他小动物获取能量，如果不吃这些小动物，它们就无法生存。这是自然界食物链的一部分。

- 每条食物链都从植物开始，它们被称为"生产者"，从太阳那里获得能量。
- 不能自己制造食物的草食动物被称为"一级消费者"。
- 以其他动物为食的肉食动物被称为"二级消费者"。猫处于下图中这条食物链的顶端。
- 那么，爱丽丝的小猫可能会害怕哪些动物呢？

猫

太阳

植物

老鼠

动手做一做

把纸盘变高

你能把一个纸盘抻长,让它和爱丽丝一样高吗?画一画,剪一剪,看看你的纸盘能抻多长……

准备材料
- 铅笔
- 3个或更多的纸盘
- 剪刀
- 卷尺
- 记录测量结果的纸

1. 在纸盘上画出螺旋形线条。

2. 在大人的帮助下,小心地用剪刀沿着线剪好。

3. 把纸盘抻开,看它能抻多长?

艺术

提示
试着把线条画得更紧密一些，看看这样做会不会让纸盘抻得更长？

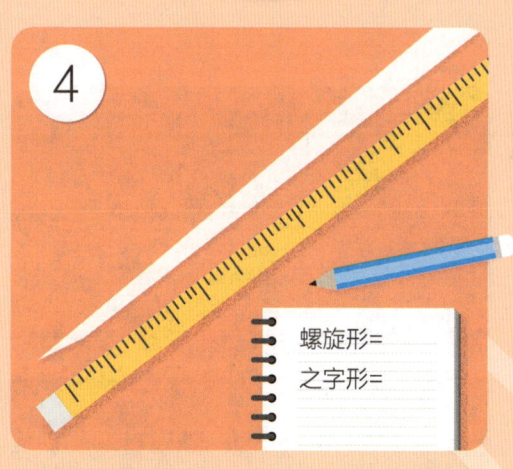

4 用卷尺测量纸盘抻开后的长度，将结果记录下来。

螺旋形＝
之字形＝

5 其他形状的线条会不会有更好的结果呢？比如"之"字形线条，在另一个纸盘上画出之字形线条。

6 重复第1～4步，试试不同形状的线条，看看哪一种抻得最长。

螺旋形＝
之字形＝

原理

与大多数盘子一样，纸盘也是圆形的。圆形的盘子在桌子上所占的空间可能最小。当你把圆形剪成不同的形状时，它的面积会重新"分配"，从而占据更大的空间。

031

动手做一做

扭曲的图像

镜子具有光滑的表面,以一种有序的方式反射光线。试着弯曲镜面来改变你看到的反射光线吧。

1

先做一个可弯曲的镜面:剪一块长方形的镜面卡纸(或铝箔),大小足以覆盖人字拖的鞋底(或卡片)。

准备材料
- 剪刀
- 镜面卡纸/铝箔
- 旧人字拖(或可弯曲的厚卡片)
- 两根牙签或木扦子
- 胶水(可选)
- 彩色小雕像或棋子

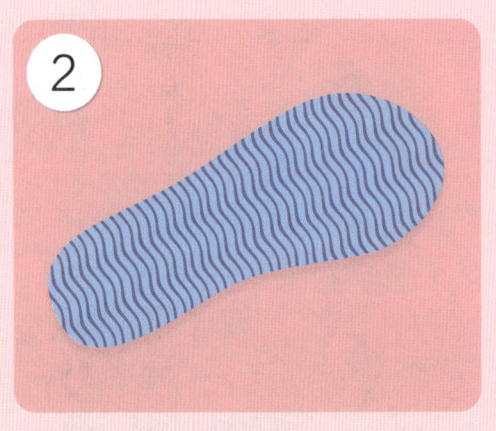

2

如图所示,将人字拖放在桌子上,鞋底朝上。

3

将长方形镜面卡纸放在鞋底上,镜面朝上。

科学

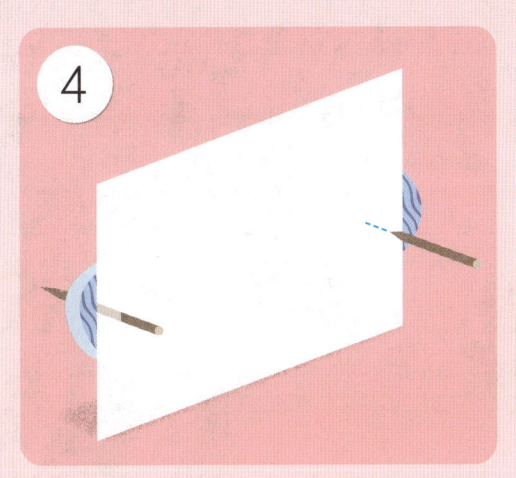

4

请大人帮忙，将一根牙签从距离镜面卡纸左侧边缘几厘米处扎入人字拖中，同样，把第二根牙签扎在离镜面卡纸右侧边缘几厘米处。如果需要的话，用胶水将镜面卡纸固定住。

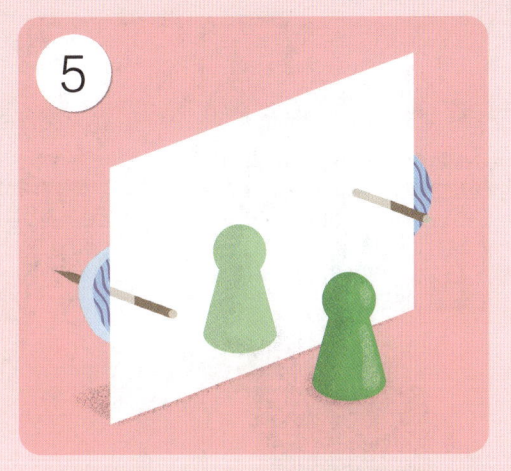

5

把可弯曲的镜面朝向你，然后把彩色物体一个一个放在镜子前面。你能看到它们的像吗？

6

将镜面中心向远离你的方向弯曲，使其成为凹面，像有什么变化呢？将镜面中心向靠近你的方向弯曲，使其成为凸面，像又有什么变化呢？

原理

平坦光滑的镜面会以一种有序的方式将光线反射到你的眼睛中，这样会产生一个和实际物体一模一样的像。如果镜面是弯曲的，光线反射的角度就会不同，所以会形成扭曲的像。

033

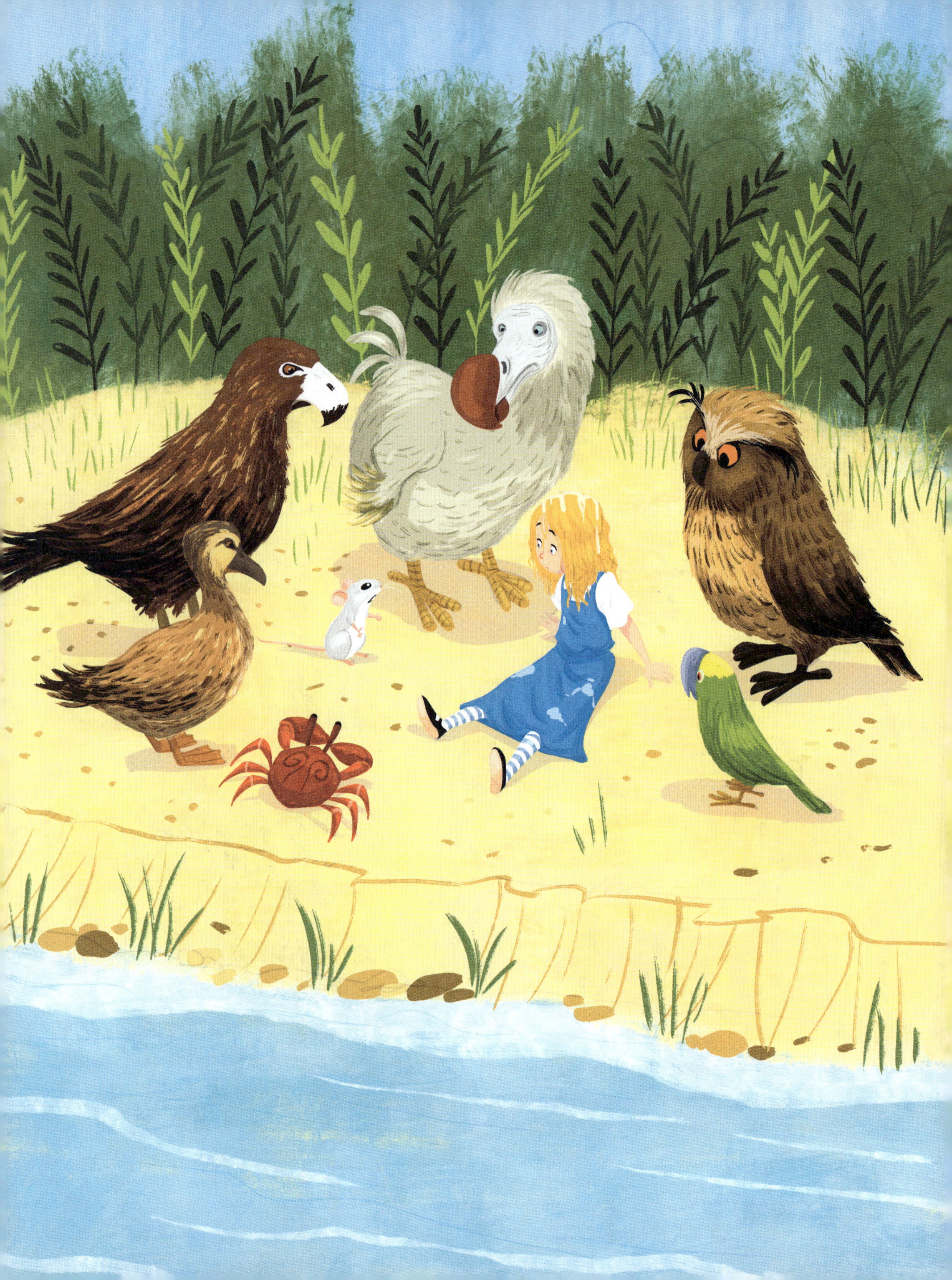

第三章 集体赛跑

当到达岸边时,他们看起来真是一支非常奇怪的队伍。鸟儿们的羽毛凌乱不堪,动物们的皮毛紧紧贴在身上,他们都湿漉漉的,身体不适,心情烦躁。

他们的首要任务就是把自己弄干,可怎么才能弄干呢?于是,大家伙开始讨论这个问题。爱丽丝发现自己在和大家热切地交谈,就好像她自打生下来就认识他们一样。实际上,她与鹦鹉还争吵了一番。鹦鹉最后闷闷不乐地说:"我比你大,知道的肯定比你多。"爱丽丝说,除非知道鹦鹉多少岁,否则她不肯承认这一点,但鹦鹉不愿意告诉她自己的年龄,所以就没有什么可说的了。

最后,老鼠似乎挑起了大梁。"你们都坐下来,听我说!我很快就会让你们把身上弄干。"大家围坐一圈,老鼠坐在中间。爱丽丝的眼睛一直盯着老鼠,她觉得,如果不赶紧把身上弄干,自己肯定会感冒的。

"你们都准备好了吗?"老鼠郑重其事地说,"这是我知道的最干巴巴的话了。请安静!征服者威廉得到了教皇的支持,并很快得到了英国人的支持(近年来篡权频发,他们已经厌烦了,希望有一个强有力的领导者)。麦西亚和诺森伯比亚的伯爵埃德

知识园地

不沾水的鸭子羽毛

水从鸭子羽毛上流下来

尾脂腺

为什么有些生物,比如爱丽丝和老鼠,会湿透,而鸭子等动物湿了以后马上就会干?

鸭子和许多其他禽类有一种使羽毛防水的特殊方法,能使水直接从它们的羽毛上流下来。当它们梳理羽毛时,它们会用喙从尾巴尖的尾脂腺上蘸取油脂,并把油脂涂抹在羽毛上,形成一层蜡质涂层,从而阻止水"浸入"羽毛。因此,与爱丽丝和其他动物不同,鸭子从池子里出来时感觉很好,身上也是干的。

温和莫卡尔……"

"呸!"鹦鹉打了个哆嗦说。

"抱歉,"老鼠说,"是你说话了吗?"

"不是,当然不是!"鹦鹉赶紧说道。

"呵,我觉得就是你。"老鼠说,"我继续往下说。麦西亚和诺森伯比亚的伯爵埃德温和莫卡尔都支持他,就连坎特伯雷大主教也认为此举十分明智……"

"认为什么十分明智?"鸭子问。

"认为'此举'十分明智。"老鼠恼怒地回答。他没有理会鸭子,继续说道:"认为此举十分明智,愿意和埃德加·艾瑟林一起去拜见威廉,向他呈递王冠……你现在觉得怎么样了,亲爱的?"老鼠说着转向了爱丽丝。

"还是湿的,"爱丽丝闷闷不乐地回答,"好像根本就没让我变干。"

"既然如此,"渡渡鸟插嘴说,"我想我们应该找到一个更有活力的解决办法。我认为让我们变干的最好办法就是举行一场集体赛跑。"

渡渡鸟停顿了半天,其他人似乎都不愿开口。于是,爱丽丝问道:"什么是集体赛跑?"

"最好的解释就是我们一起行动起来。"渡渡鸟回答道。他先画出圆形跑道(不过,他说具体什么形状并不重要)。然后,他请所有人站在跑道上,随便站在哪里都可以。

没有起跑的口令,他们想往哪个方向跑就往哪个方向跑,想停就可以停,所以很难知道比赛什么时候结束。不过,大约过了半个小时,他们身上基本干了。这时,渡渡鸟突然喊道:"比赛结束!"大家都围了过来,气喘吁吁地问:"谁赢了啊?"

渡渡鸟不知道答案,他坐在那里,用手指抵住额头。大家都在静静地等待着。

最后,渡渡鸟说:"大家都赢了,每个人都应该得到奖品!"

"但谁来发奖呢?"大家齐声问道。

"当然是她呀。"渡渡鸟指着爱丽丝说。大家立刻拥到爱丽丝身边,喊道:"发奖!发奖!"

水循环

爱丽丝和动物们的身上终于干了,那么水去哪儿了呢?水仿佛凭空消失了。不过,水可不是简单地消失了,它是蒸发了,变成了水蒸气。爱丽丝他们可不可以用其他方法让身上更快变干?

把书翻到第44页,模拟一场微型水循环,观察一下水蒸发的整个过程吧。

知识园地

水去了哪里？

经过半个小时左右的赛跑，爱丽丝和动物们的身上基本变干了。

他们的衣服（或皮毛）中的水已经从液态变成了气态，这个过程叫作"蒸发"。加热会加快蒸发的速度，因为水分子获得了足够的能量与液体分离。这个过程也可以反过来，水蒸气冷却时又会变成液态的水。爱丽丝和动物们在奔跑时干得很快，是因为身体的热量使衣服（或皮毛）里的水变热，加快了它的蒸发。

蒸发（水蒸气）

身体的热量

湿衣服

039

爱丽丝不知道该怎么办。她很绝望，把手伸进兜里，结果发现里面有一盒外面裹着糖的干果和坚果（幸好水没有渗进去）。她把干果和坚果作为奖品发给大家，正好一人一个。

"可是她自己也必须有奖品啊。"老鼠说。

"那是当然，"渡渡鸟说，"你的兜里还有什么？"他转向爱丽丝问道。

"只有一个顶针了。"爱丽丝难过地回答。

"拿过来。"渡渡鸟说。

大家再次拥到爱丽丝身边，当渡渡鸟把顶针颁给爱丽丝时，他们都欢呼起来。爱丽丝觉得整件事非常莫名其妙，但大家都很严肃地看着她，她也不敢发笑。她想不出该说什么，就简单鞠了一躬，尽可能庄重地接过顶针。

接下来要做的事情就是吃了。这引起了一阵嘈杂和混乱，因为大鸟抱怨自己还没尝到什么味道就吃完了，而小鸟则被噎住了，需要别人在他们背上拍打几下。不过，吃完之后，他们又围坐成一圈，恳求老鼠再讲点别的。

"你答应过给我讲讲你的故事，说说你为什么讨厌M和G。"爱丽丝小声说，生怕说"猫"和"狗"这两个字会把他惹恼。

"我的故事又长又悲伤！"老鼠叹了口气。

"确实是个很长的尾巴。"爱丽丝把"故事"听成了"尾巴"。她一边说，一边惊奇地看着老鼠的尾巴，"但为什么说它悲伤呢？"在老鼠说话的时候，爱丽丝一直在思索这个问题，想象着如果把老鼠的话写下来，那会有点像一条曲线，就像一条弯弯曲曲的长尾巴。（注："故事"的英语是"tale"，"尾巴"的英语是"tail"，两个词读音相同。）

"你没听！"老鼠严厉地对爱丽丝说，"你在想什么呢？"

"对不起，"爱丽丝低声下气地回答，"我想，你刚刚说到尾巴的第五个拐弯了吧？"

"打住！"老鼠怒声喊道。"打结了？"爱丽丝说，她一向乐于助人，"让我帮你解开它吧！"

"你的这些胡言乱语侮辱了我。"老鼠愤愤不平地嘟囔着，站起身走开了。

"求求你，回来把故事讲完吧！"爱丽丝喊道，但老鼠只是不耐烦地摇了摇头，并加快了脚步。

"我真希望迪娜在这儿。"爱丽丝大声说，其实她没有专门对着谁。

以字为画

你能用字母画出类似的图画吗？

爱丽丝想象着，将老鼠的故事写成弯弯曲曲的长尾巴。那会是什么样子呢？

把书翻到第46页，用家人或是你最喜欢的动物作为灵感创作一幅文字拼贴画吧。

"我可不可以问问,谁是迪娜?"鹦鹉说。

爱丽丝总是很喜欢谈论她的小猫迪娜,还有迪娜是如何捕捉老鼠和追赶鸟儿的。她惊讶地发现,自己的话引起了很大的骚动。有些动物匆匆离开了。很快,就只剩爱丽丝一个人了。"真希望我没有提到迪娜!"爱丽丝难过地自言自语。

爱丽丝哭了起来。这时,她听到远处传来嗒嗒的脚步声。她抬起头来,希望是老鼠改变主意,准备回来把他的故事讲完。不过,来的是白兔。他正焦急地东张西望,好像丢了什么东西。他喃喃自语:"公爵夫人!哦,我亲爱的爪子!哦,我的皮毛和胡须!她肯定会把我处死!我到底把它们丢在哪儿了?"

爱丽丝一下子猜到,他一定是在找扇子和白手套,于是也开始找起来,但怎么也找不到。从她在池子里游泳之后,一切似乎都变了,有玻璃桌和小门的那个大厅已经消失不见了。

白兔注意到爱丽丝在四处找东西,便愤怒地喊道:"玛丽·安,你在这儿干什么?赶紧回家,给我拿一副手套和一把扇子来!快,现在就去!"

爱丽丝吓得要命,不敢解释她是爱丽丝,不是玛丽·安(她认为玛丽·安一定是白兔的仆人),于是向他所指的方向跑去。

"等他发现了我是谁,会多么惊讶啊!"爱丽丝想,"可我最好把扇子和手套拿给他——如果我能找到的话。"就在这时,爱丽丝看到一座小房子,门上有一块铜牌,上面刻着"白兔"两个字。她没敲门就走了进去并赶紧上了楼,生怕遇到真正的玛丽·安。如果碰到她,爱丽丝还没找到扇子和手套就会被赶出去。

"这多么奇怪啊,"爱丽丝自言自语道,"我竟然给一只兔子跑腿!"

这时,爱丽丝来到一个整洁的小房间里,窗边有一张桌子,如她所愿,上面放着一把扇子和两三副白色的小皮手套。她拿起扇子和一副手套,正准备离开房间,突然发现镜子旁边有一个小瓶子。这次,瓶子上没有"把我喝下去"的标签,不过爱丽丝还是打开瓶盖,喝了一小口。"最近不管吃什么,喝什么,好像之后总有什么好玩儿的事情发生。我要看看这瓶东西有什么用。真希望它能让我再次变大,我已经厌倦现在这么小了!"

动手做一做

模拟水循环

观察一下水是怎么从液态变成气态的，又有什么方法可以加快或减缓这一过程。

准备材料

- 透明的塑料自封袋
- 油性记号笔
- 一杯水
- 蓝色食用色素
- 勺子
- 透明胶带

1 在透明塑料自封袋的上半部分用油性记号笔画上云朵，使它看起来像天空一样。

2 往一杯水中加入几滴蓝色食用色素，并用勺子搅拌均匀。

3 小心地将这杯水倒入塑料自封袋中，紧紧地封住口。

科学

4 用胶带把塑料自封袋粘在窗户的内侧。窗外的阳光越好，效果就越明显。

5 看一看塑料自封袋上面的云朵中是否有水滴出现？它们是如何到达那里的？

6 将塑料自封袋放置几个小时，然后检查一下，看看有什么变化。经过寒冷的黑夜之后，塑料自封袋又会发生什么样的变化呢？

原理

塑料袋里的水会蒸发，蒸发的多少取决于窗户处有多暖和。水蒸发时，会从液体变成气体，飘到塑料自封袋的顶部。窗户处越暖和，水的蒸发速度就越快。这一过程模拟了自然界的水循环，水从地球表面蒸发，形成云，然后以雨、雪、冰雹等形式落回地面。

动手做一做

制作文字拼贴画

发挥你的想象力，用文字创作一幅图画。试着以宠物或家人作为创作灵感，选择能让你想起创作主题的词。

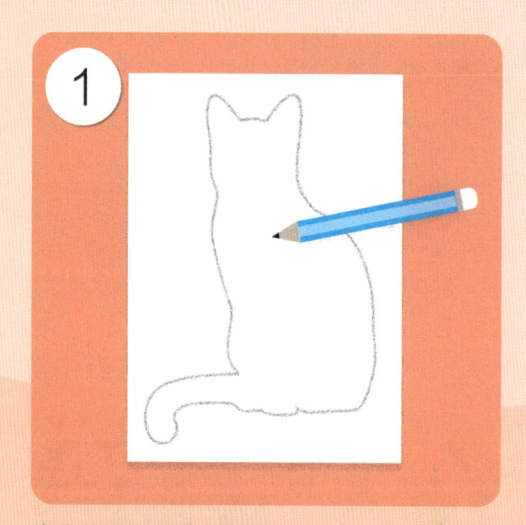

1

准备材料
- 铅笔
- 一张A3或 A4卡纸
- 旧杂志和报纸
- 剪刀
- 胶水
- 彩笔（可选）

为你的文字拼贴画选择一个主题，可以是任何能给你带来灵感的东西。在卡纸上画出轮廓。

2

提示
你能为图片中的高光部分找到浅色素材，为阴影部分找到深色素材吗？

在旧杂志和报纸中寻找让你眼前一亮的字或词，小心地把它们剪下来保存好。

艺术

3 把你剪下来的字或词铺在卡纸上，把画出来的轮廓填充满。

4 当你满意这幅文字拼贴画时，就用胶水粘好，你的作品就做好啦。

胶水

5 你喜欢的话，还可以用彩笔在空白处写上一些字。想一想你用的颜色及它们与图画之间的关系。

延伸

试着用其他不同质地的材料创作拼贴画。首先，收集能让你想起所选主题的材料。杂志上的图片、旧包装纸和自然界的材料，比如树叶和羽毛，都可能会派上用场。接下来，重复第3～5步。

047

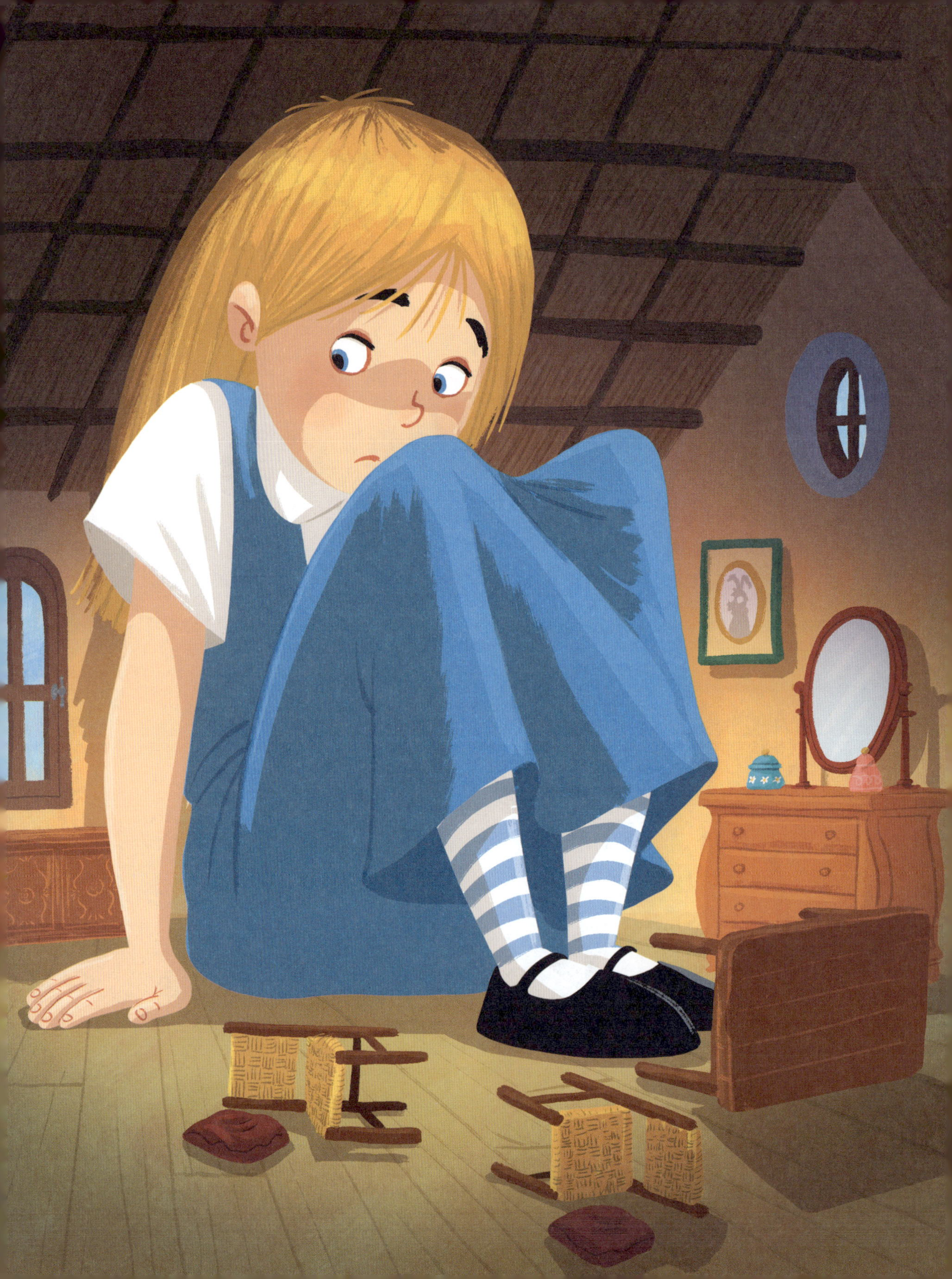

第四章 比尔进来了

这瓶东西好像读懂了爱丽丝的心思,爱丽丝长大的速度比她预想的要快得多。爱丽丝发现自己的头顶在了天花板上,她不得不弯下腰。她只喝了半瓶,便赶紧把瓶子放下。"够了,希望我不要再长高了!现在就已经出不了门了!我要是少喝点就好了。"

可为时已晚。爱丽丝越长越高,很快她就不得不跪在地板上。又过了一会儿,跪着也不行了,她试着躺下来,一只胳膊的肘部顶在门上,另一只胳膊弯曲地绕在脑袋后面。她还在不停地长。绝望之中,爱丽丝把一只手伸出窗外,一只脚插进烟囱里。她对自己说:"我可再没有别的办法了,随它去吧。哦,天哪!"

值得庆幸的是,瓶里的东西已经发挥完全部功效,爱丽丝不再长了。不过,她还是很不舒服,而且不知道自己怎么才能从这个房间里出去。

"家里的生活可轻松多了,"爱丽丝想,"不会一会儿变大,一会儿变小,也不会被老鼠和兔子吆喝来吆喝去。我几乎后悔跳进那个兔子洞了。不过,这种生活也挺新奇的!我想知道我到底怎么了!"

"以前读童话故事的时候,我以为这种事情根本不会发生,可我自己现在就在故事里了！真应该有一本写我的书。等我长大了，我来写一本……可我现在好像已经长大了，"爱丽丝难过地想，"至少，这里已经没有地方让我再长了！"

"可是，"爱丽丝想，"我是不是永远不会比现在更老了？这倒是件好事——永远不会变成老太婆。不过，还要没完没了地学习功课。哦，我可不喜欢那样！"

"哦，别傻了，爱丽丝！"她对自己说，"你在这儿怎么学习呢？这儿连你都放不下，更不用说课本了。"就这样，她继续自问自答，一会儿替这边说，一会儿替那边说，说得还挺起劲儿。几分钟后，她听到外面有声音传来，于是停下来侧耳倾听。

"玛丽·安！玛丽·安！"那个声音说，"赶紧把我的手套拿来！"随后，楼梯上传来一阵嗒嗒的脚步声。

爱丽丝知道是白兔来找她了，吓得浑身发抖，整个房子也随着她摇晃起来。她完全忘记了自己现在比白兔大一千倍，根本用不着害怕他。

白兔走到门前，想要把门打开，但爱丽丝的胳膊肘顶着门，

为白兔做一把扇子

在混乱中，爱丽丝忘了白兔还在等她取扇子和手套。她还能从房间里逃出来吗？

把书翻到第60页，用彩纸和简单的测量方法，为白兔做一把新扇子吧。

他没法进来。爱丽丝听到他对自己说："那我就绕过去，从窗户那边进去。"

"那你也进不来！"爱丽丝想。她等了一会儿，好像听到白兔就在窗户下面。她听到一声细细的尖叫，好像什么东西掉了下去，紧接着是玻璃破碎的声音。她想白兔一定是掉进了暖房或是什么地方。

接着，传来白兔愤怒的声音。"帕特！帕特！你在哪儿？"一个爱丽丝从未听过的声音说道："我在这儿呢！在挖苹果，先生！"

"挖苹果，真是见鬼！"白兔生气地说，"过来一下！把我拉出去！"又是一阵玻璃破碎的声音。

"快告诉我，帕特，窗户里的是什么？"

"是一只胳膊，先生。"

"一只胳膊？谁见过这么大的胳膊？整个窗户都被它占满了！"

"确实如此，先生，可它真的是一只胳膊啊。"

"好吧，它没有理由待在那儿，去把它弄走！"

之后，出现了很长时间的静默。爱丽丝只能时不时听到一些低语声。她张开手掌，在空中抓了几把。接着她听见两声细细的尖叫，然后是玻璃破碎的声音。"不知道他

知识园地

控制与协调

爱丽丝长得太大，都看不到自己的手和脚了，但她还是可以让手脚活动起来。

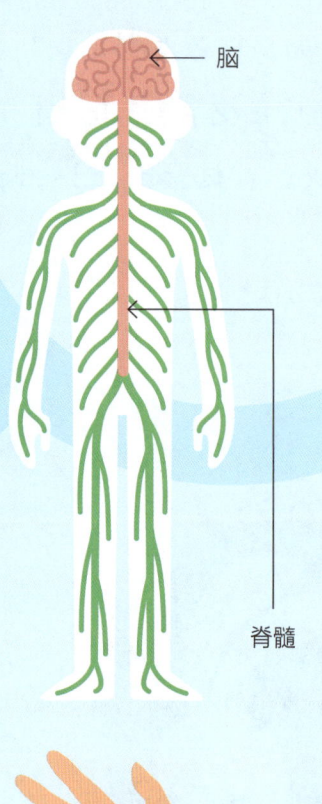

这些活动是由中枢神经系统协调的，中枢神经系统包括脑和脊髓。中枢神经系统不停地处理来自外部世界的信息，通过向身体的不同部位发送信号来让它们做出反应。爱丽丝的脑接收到窗外传来的声音，对其加以处理，然后协调身体做出反应。脑会发射信号给手臂和手部的肌肉，当她在空中乱抓时，这些肌肉就会收缩。

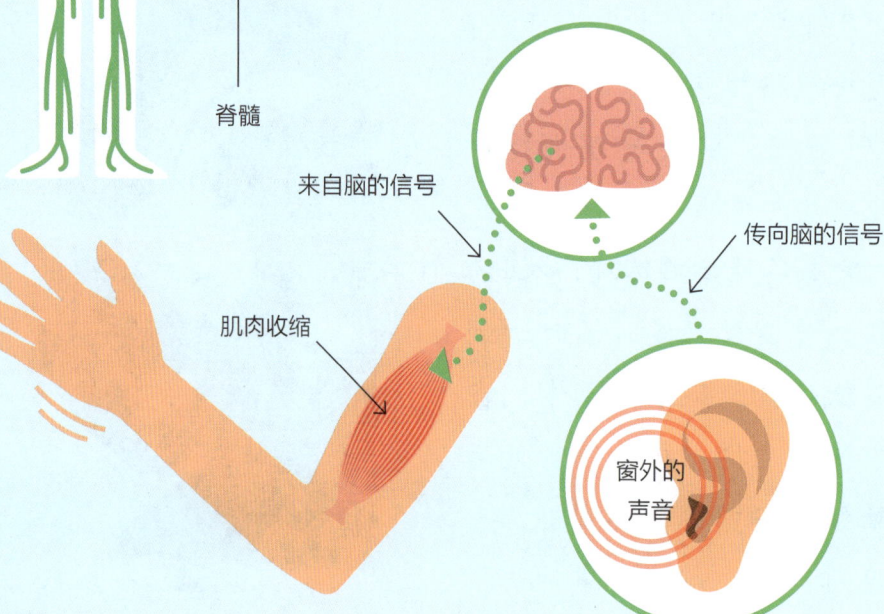

脑

脊髓

来自脑的信号

肌肉收缩

传向脑的信号

窗外的声音

们在下面要干什么,"她想,"如果是想把我从窗户拉出去,我倒巴不得他们能做到!我真的不想再待在这儿了。"

爱丽丝等了一会儿,没有再听到任何声音。最后,她听见小推车的辘辘声,还有很多人同时说话的声音。爱丽丝依稀听到了几句:"另外一个梯子在哪儿?——在比尔那儿。比尔!把梯子拿过来,伙计!——它们还不够高。——哦!够用了。——来,比尔,抓住绳子!——小心那块松动的瓦片!——哦,它掉下来了,小心!"接着是一声巨响。"谁来钻烟囱?——我不钻!——让比尔钻!来,比尔!主人叫你顺着烟囱爬下去!"

"哦,这么说,比尔要从烟囱里下来了,是吗?"爱丽丝自言自语道,"他们好像把什么事都推给比尔!打死我也不愿意当比尔。这个壁炉很窄,不过也许能用脚踢开。"

爱丽丝尽可能把脚伸进烟囱里,等待时机,当她听到一只小动物(她不确定比尔是个什么动物)在靠近她上方的烟囱里连抓带爬时,她猛地踢了一脚,等着看接下来会发生什么。

她听到有声音喊道:"比尔飞出来了!"接下来是白兔的声音:"篱笆旁的,快接住他!"之后是一阵沉默,然后又是一片混乱的声音:"托住他的头——给他灌点白兰地——别呛着他——怎么样,老伙计?发生了什么事?"

最后,一个虚弱的、尖声尖气的声音回答:"哎,我也不太清楚,有什么东西像玩偶盒里的弹簧人一样袭击了我,然后我就像火箭一样飞了出来!"爱丽丝想:"这个声音就是比尔的了。"

"你真的是飞出来的!"周围有声音附和道。

"我们必须把房子烧掉!"白兔说。爱丽丝扯着嗓子喊道:"如果你敢烧,我就放迪娜咬你!"

接着是死一般的寂静。"不知道他们接下来会干什么?"爱丽丝想,"如果他们有头脑的话,他们就该把屋顶拆掉。"过了一两分钟,他们又开始四处走动,爱丽丝听到白兔说:"先来一推车就够了。"

"一推车什么呢?"爱丽丝想,可没过多长时间,一把石子从窗口飞了进来,有几个还打在了她的脸上!"我得阻止他们。"她对自己说,然后大声喊道,"你们最好住手!"接着又是死一般的寂静。

爱丽丝惊讶地发现,石子掉在地板上变成了小蛋糕。她有了一个绝妙的想法。"如果我吃几个蛋糕,"她心想,"也许就会

变小，它肯定不会让我再变大了。"

爱丽丝大口吃完一个蛋糕，高兴地发现自己开始变小了。当她小到刚好可以钻出房门时，她立刻冲出了屋子。她发现有很多小鸟和其他小动物等在外面，最中间的是比尔（爱丽丝发现他是一只小蜥蜴），被两只天竺鼠搀扶着，他们正用瓶子给他喂什么东西。爱丽丝出现的那一刻，他们都朝她冲过来，可爱丽丝以最快的速度跑开了。很快，她就发现自己安全地进入了一片茂密的森林。

"我要做的第一件事，"爱丽丝对自己说，"就是恢复正常的身高。第二件事就是想办法进入那个漂亮的花园。"

这听起来是个不错的计划，可唯一的问题是爱丽丝不知道如何实现它。她在树丛里东张西望，突然听到头顶上传来一阵轻轻的狗叫声，她赶紧抬起头来。

一只巨大的哈巴狗正用圆溜溜的大眼睛望着她。哈巴狗伸出一只爪子想要碰碰她。"可怜的小家伙！"爱丽丝用友好的语气

缩小的鸡蛋

爱丽丝迫切希望自己缩小至正常的身高，但这可不是一件容易的事。不过，要缩小一个鸡蛋，就简单多了。

把书翻到第62页，把鸡蛋放在不同的液体中，看看它们如何变大或变小吧。如果爱丽丝也能这么轻松变大或变小就好了！

知识园地

蜥蜴能飞多远?

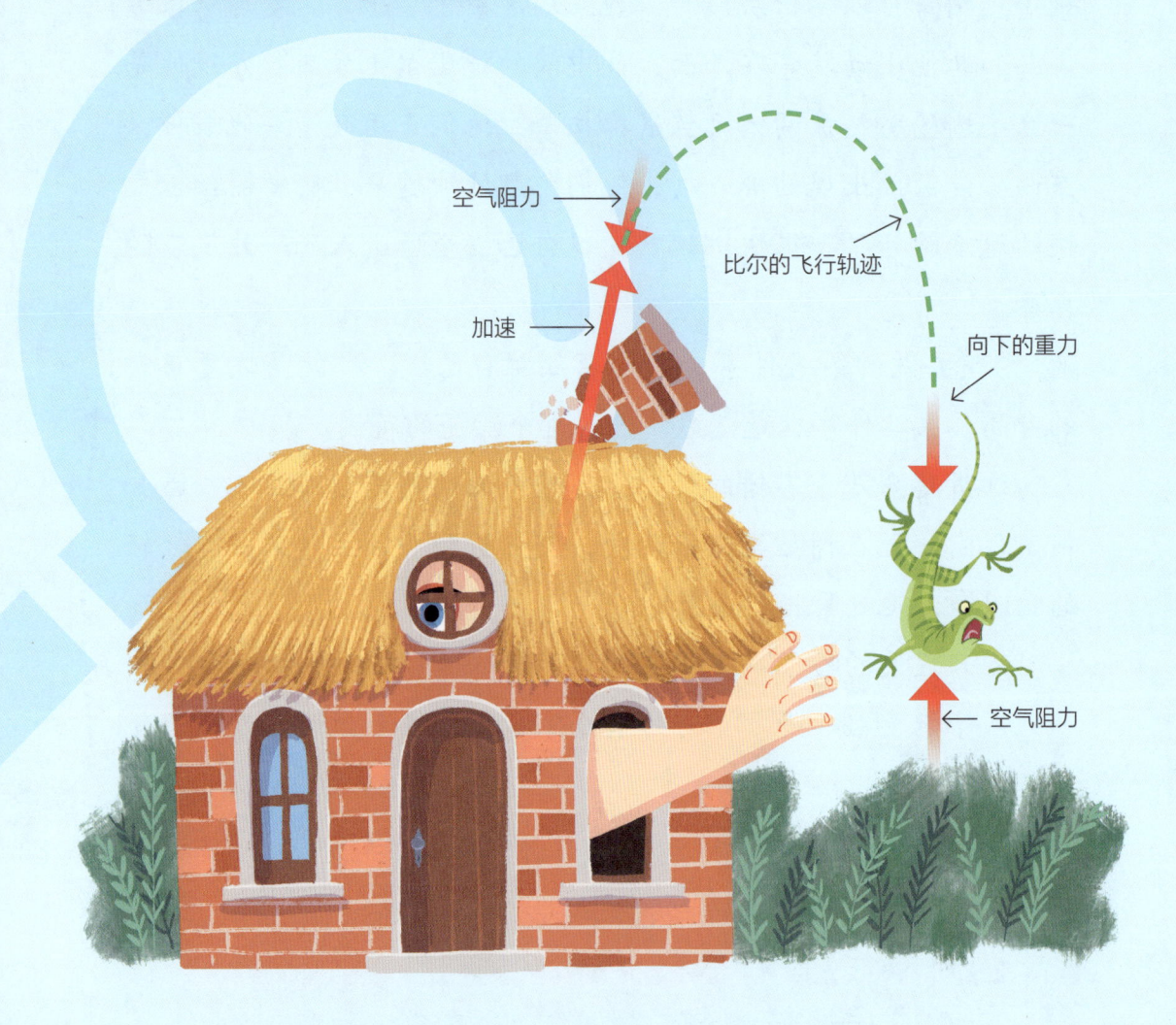

空气阻力

加速

比尔的飞行轨迹

向下的重力

空气阻力

比尔的飞行轨迹取决于爱丽丝踢他的力度和空气阻力。

爱丽丝在烟囱里踢了一脚,这个力决定了比尔飞离烟囱的速度和方向。空气阻力的作用方向与比尔的飞行方向相反,会减缓他的速度。重力会给比尔一个向下的力,把他拉向地心的方向,直到落地。

说道。她使劲朝他吹着口哨，可心里十分害怕这只狗正饿着肚子。如果是那样的话，不管她表现得多么友好，他都可能一口把她吃掉。

爱丽丝不假思索地捡起一根小棍子，向哈巴狗伸过去。哈巴狗高兴地大叫一声，腾空跳起，扑向棍子。爱丽丝躲到一株大蓟草后面，免得被撞倒。她从大蓟草的一边探出身子，哈巴狗又向棍子扑来，兴奋地翻了个跟头。每一次，爱丽丝都担心被他踩在脚下，于是赶紧绕到另一边。哈巴狗一直不停地跑过来找棍子，每次都哑着嗓子大叫，直到最后，他在不远处坐下来休息，舌头耷拉在嘴巴外面，大眼睛半睁半闭。

爱丽丝觉得这是逃跑的大好时机。她拔腿就跑，一直跑到喘不过气来，哈巴狗的叫声似乎离得很远了。"不过，他真是一只可爱的哈巴狗！"爱丽丝想。她靠在一株金凤花上，用一片叶子给自己扇风。"我真想教他几招，如果我的身高合适的话！哦，天哪！我差点忘了我还要重新长高呢。该怎么办呢？我想我应该吃点什么或喝点什么，可问题是，到底是什么呢？"

动手做一做

制作纸扇子

用彩纸和雪糕棒做一把白兔那样的扇子吧。用这本故事书带给你的灵感设计扇子吧。

1

准备材料

- 一张纸（约1米长，20厘米宽）
- 彩笔、铅笔或颜料
- 两根雪糕棒
- 胶棒
- 胶带

用彩笔、铅笔或颜料在纸上画上图案，作为装饰。

2

从较短的一边开始折叠，折叠宽度大约1.5厘米。

3

把纸翻过来，按照1.5厘米的宽度再折一道，这样会形成一个褶。按照这种方法继续折，直到将整张纸全部折完。

艺术

4

在纸的两端各粘上一根雪糕棒,在纸的底边留出2厘米,作为扇子的底端。雪糕棒应该稍微高出扇子的顶端。

5

将扇子底端捏在一起,并在末端缠上胶带加以固定。

6

等胶水干了以后,拉动雪糕棒,直到两根雪糕棒碰到一起,扇子就打开了。

原理

白兔总是风风火火的,难怪他需要扇子来扇风!扇子扇的风就像微风一样,可使人感到凉快,因为它用凉爽干燥的空气取代了闷热潮湿的空气。

动手做一做

缩小和膨胀的鸡蛋

你可以像变魔术一样，使鸡蛋缩小或膨胀！只需要两个鸡蛋、一些醋和糖浆，再加上一点耐心，就可以实现。

1

准备材料

- 400毫升醋
- 4个烧杯或高一点的玻璃杯
- 两个鸡蛋
- 夹钳（可选）
- 200毫升糖浆
- 200毫升水

首先，你需要在不打碎鸡蛋的情况下去除鸡蛋壳。要做到这一点，可以在两个烧杯或高一点的玻璃杯中各倒入200毫升醋，将鸡蛋放入醋中，浸泡24个小时。

提示

准备一块抹布或一些纸巾，实验过程中可能会用到。

2

第二天，你会发现鸡蛋壳已经溶解了！小心地将鸡蛋从醋中取出，如果需要的话，轻轻洗掉残余的壳。

科学

3 向另外两个烧杯中分别倒入水和糖浆。

4 将一个无壳鸡蛋放在水中，将另一个放在糖浆中，再浸泡一晚。

5 你发现鸡蛋有什么变化？一个鸡蛋是不是明显比另一个小？

原理

浸泡在糖浆中的鸡蛋会缩小，而浸泡在水中的鸡蛋会膨胀。水分子会从浓度低的液体渗入浓度高的液体中，这个过程叫作"渗透"。糖浆的浓度很高，所以鸡蛋中的水分子穿过鸡蛋薄膜，进入糖浆中，鸡蛋因此会变小。那为什么浸泡在水里的鸡蛋会变大呢？

061

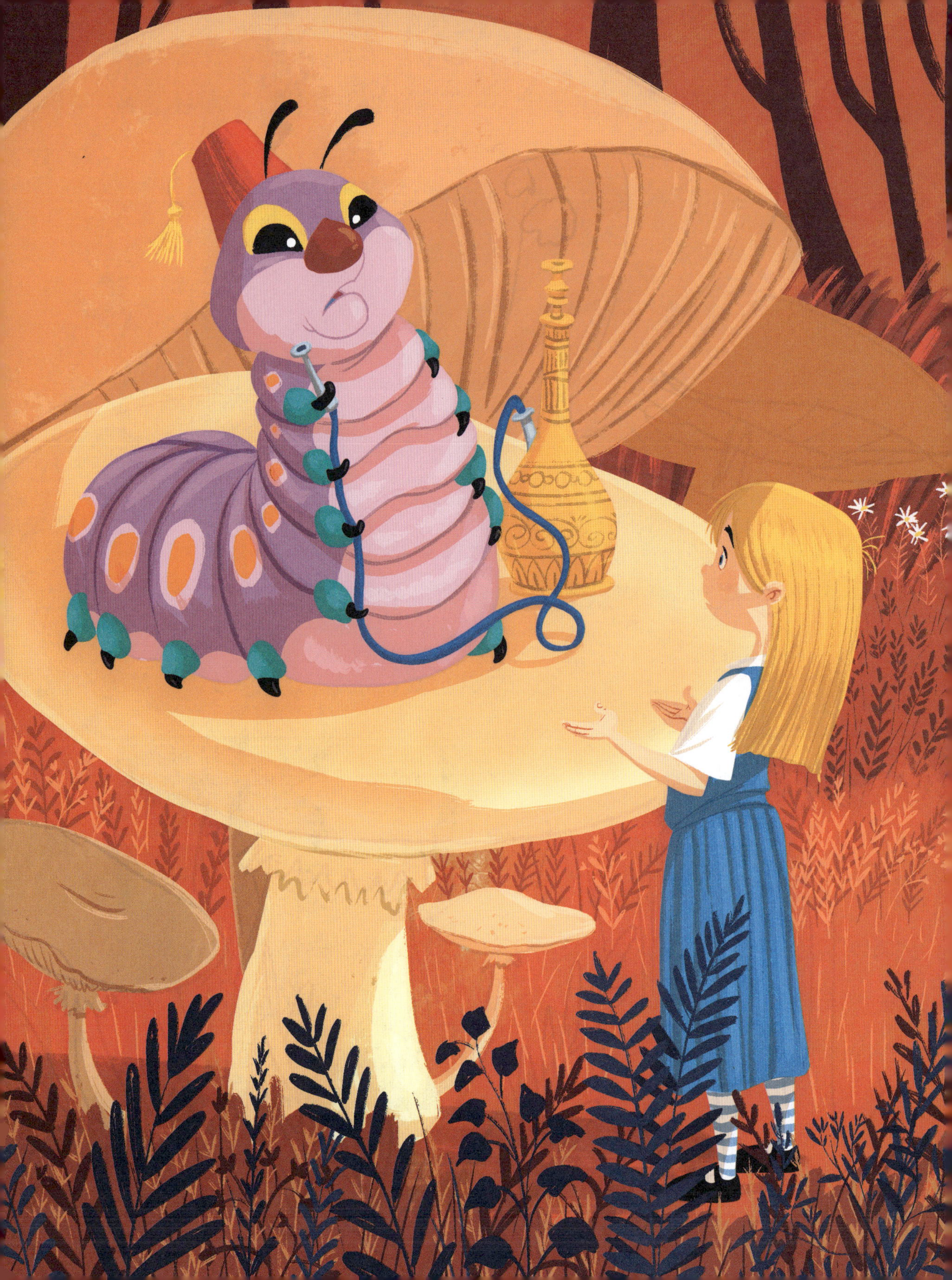

第五章　毛毛虫的建议

爱丽丝看了看周围的花花草草，没发现任何看起来能吃或能喝的东西。旁边长了一棵大蘑菇，和她差不多高。爱丽丝看了看蘑菇底下、蘑菇两边，还有蘑菇的后面，她还想看看蘑菇上面有什么。

爱丽丝踮着脚，抻着脖子，越过蘑菇的边缘一看，正好和坐在上面的一只大毛毛虫四目相对。毛毛虫丝毫没有注意到爱丽丝或是周围的其他东西。他俩互相对视了一会儿，谁也没有说话。最后，毛毛虫用昏昏欲睡的声音说："你是谁？"

用这个问题开头，可真让人难以回答。这一刻，爱丽丝也不太清楚自己到底是谁！她说："眼下，我也弄不清楚，先生。我只知道今天早上起床时我是谁，可从那会儿开始，我变了好几次。"

"你这话是什么意思？"毛毛虫严厉地说，"请你解释一下！"

"恐怕解释不了，先生。要知道，我已经不是我自己了。"

"我不明白。"毛毛虫说。

"恐怕我也没法说得更清楚了，"爱丽丝礼貌地回答，"因为我自己一开始就弄不明白！一天之内身高变了这么多次，真是让人晕头转向。"

"不见得。"毛毛虫说。

"好吧,也许你现在不这么想,"爱丽丝说,"可当你有一天变成蛹,然后变成蝴蝶时,我猜你肯定会觉得相当奇怪。"

"一点儿也不。"毛毛虫说。

"好吧,也许你的感觉和我的不一样,"爱丽丝说,"我只知道,我会觉得非常奇怪!"

"你!"毛毛虫轻蔑地说,"你是谁?"

这又回到了原点。爱丽丝开始有些烦躁,严厉地说:"我想你应该先告诉我你是谁。"

"为什么?"毛毛虫说。

实际上,爱丽丝想不出什么好理由,而且毛毛虫似乎心情也不太好,于是她转身离开了。

"回来!"毛毛虫从身后叫住她,"我有重要的话要说。"

几何艺术

你有没有注意到自然界里有一些神奇的图案?想一想毛毛虫身上的彩色斑纹、蝴蝶的对称翅膀,以及花朵中心的重复图案。

把书翻到第74页,用圆规、彩铅和简单的数学知识,创造美丽的重复图案吧。

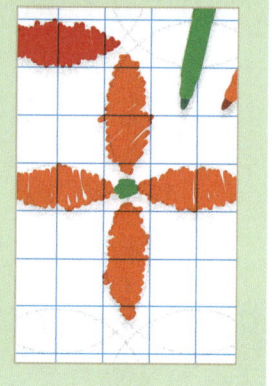

自然界的图案

从下面这个数列中,你发现了什么规律?

0,1,1,2,3,5,8,13,21,34,55,89,144……

0 + 1 = 1,1 + 1 = 2,1 + 2 = 3,2 + 3 = 5……从第3个数字开始,每个数字都是前两个数字之和。

这就是斐波那契数列,它是以数学家斐波那契的名字命名的。斐波那契发现,这个数列在自然界中拥有十分特殊的地位。

根据斐波那契数列,我们可以画出下图。

如图所示,如果你从最小的正方形开始依次沿着正方形的对角线画弧线,你会得到一条螺旋线,即"黄金螺旋线"。从贝壳的形状到毛毛虫蜷缩身体的方式,再到雏菊的中心,自然界中随处可见黄金螺旋线。

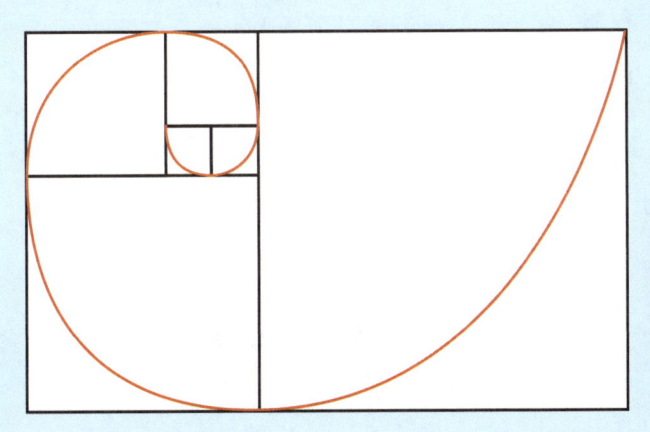

贝壳

这句话让人心中燃起了希望，于是爱丽丝走了回来。

"不要随便发脾气。"毛毛虫说。

"就这些吗？"爱丽丝一边说一边压制住怒火。

"还有。"毛毛虫说。爱丽丝心想，反正自己也没有别的事情可做，不妨等一等，也许毛毛虫会告诉她一些值得听的事情。过了一会儿，毛毛虫叹了口气说："所以你认为你变了，是吗？"

"恐怕是的，先生，"爱丽丝回答，"我以前记得的东西现在都不记得了，我的身高连十分钟都保持不了！"

"什么东西不记得了？"毛毛虫说。

"嗯，我想背诗来着，可总是背不对。"

"背一遍《威廉爸爸你老了》。"毛毛虫建议道。

爱丽丝双手交叉，开始背起来。

"一点儿都不对。"毛毛虫说。

"是不对，你看吧，"爱丽丝说，"我就是背不对。"

"你想变成多高？"毛毛虫问。

"说实话，我不怎么在意，"爱丽丝说，"只要别总变来变去就行，你知道的。"

"我不知道。"毛毛虫说。爱丽丝觉得脾气又要上来了。

"你现在满意吗？"毛毛虫问。"嗯，如果你不介意的话，再高一点儿就好了，先生。"爱丽丝说，"三英寸（约八厘米）实在太矮了。"

"这是个很好的个头。"毛毛虫生气地说。他挺直了身体，刚好三英寸。

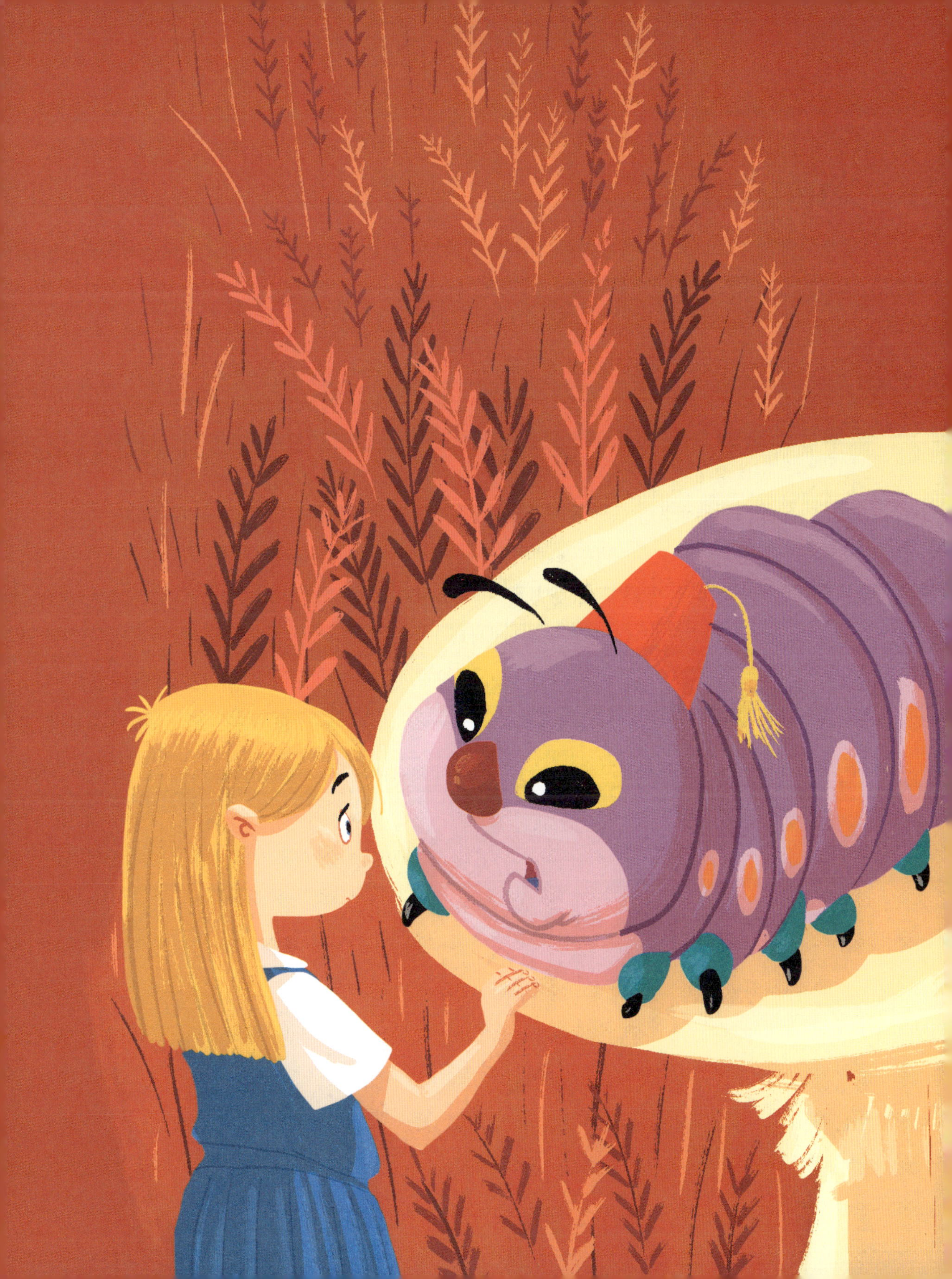

知识园地

记忆游戏

爱丽丝怎么做才能提高自己的记忆力呢？

只有将这些诗储存在爱丽丝的长时记忆中，她日后才能回忆起来。

- 脑无时无刻不在通过5种主要感官摄入信息（感官记忆），而这些信息中只有一部分会被转移到短时记忆中。
- 短时记忆大约只能储存7个组块的信息，且只能保持大约30秒。
- 有一些方法可以把短时记忆变成长时记忆，包括排练、组织信息和增加额外的细节。

也许爱丽丝可以用这些方法来把诗背下来。

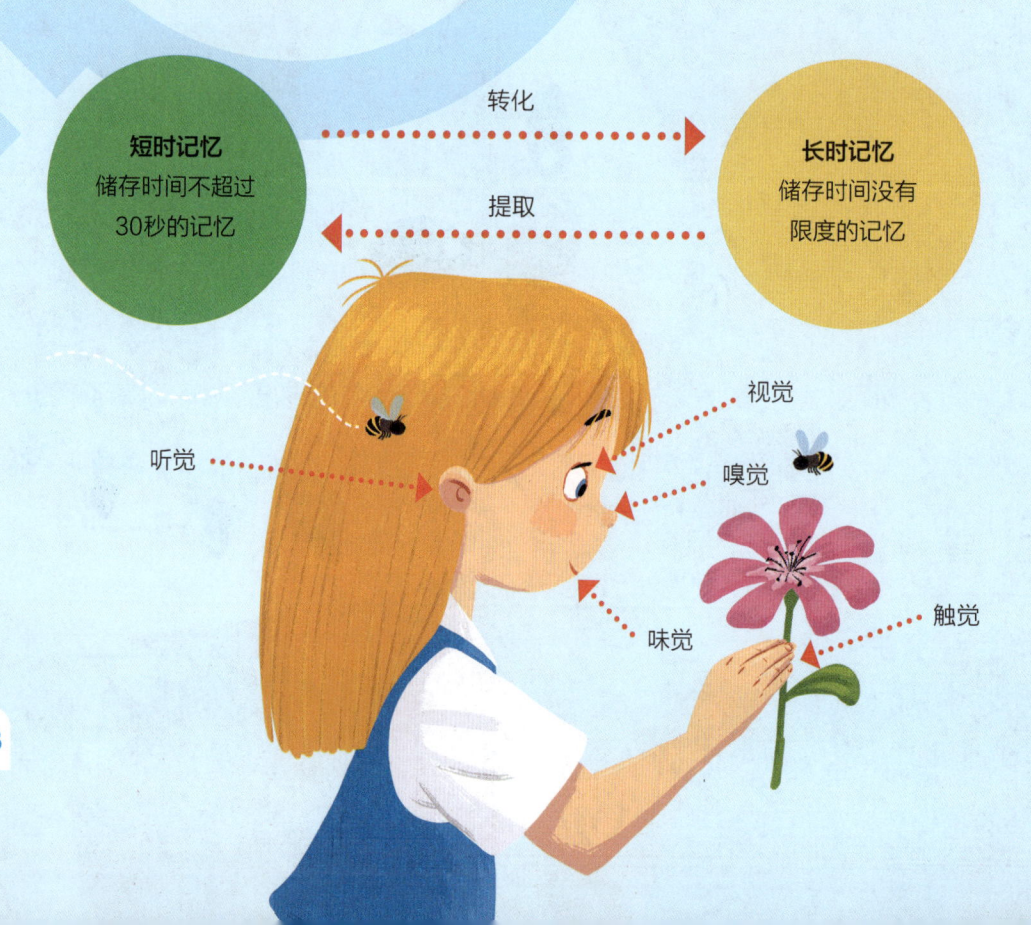

短时记忆
储存时间不超过30秒的记忆

转化 →
← 提取

长时记忆
储存时间没有限度的记忆

听觉　视觉　嗅觉　味觉　触觉

"可我不习惯！"爱丽丝解释说。她真希望这些动物们不要这么容易就生气。

"慢慢就会习惯的。"毛毛虫说完又躺下了。

爱丽丝这次耐心地等待着。过了一两分钟，毛毛虫从蘑菇上爬下来，溜进草丛里。他一边爬，一边说："一边会让你长高，另一边会让你变矮。"

"什么的一边？什么的另一边？"爱丽丝心想。

"蘑菇。"毛毛虫就好像猜透了爱丽丝的心思，回答道。说完，毛毛虫就不见了。

爱丽丝打量了一会儿蘑菇，想要弄清楚哪里是两边，因为这个蘑菇是圆形的。最后，她尽可能伸长手臂，把蘑菇抱住，两只手分别从蘑菇的两边掰下一小块。"现在只要弄清楚哪边是哪边就行了。"她对自己说。她咬了一点右手的蘑菇，还没有反应过来，下巴就受到了猛烈一击，撞到了自己的脚上！

爱丽丝被这突如其来的变化吓坏了，可她知道自己没有时间了，因为她正在迅速缩小。她赶紧去吃另一只手上的蘑菇。可她的下巴紧紧地压在脚面上，几乎没有办法张嘴！最后，她总算张开了嘴，吞了一点左手的蘑菇。

"谢天谢地，我的头自由了！"爱丽丝说。但紧接着，她就发现自己的肩膀找不到了。她只能看到一条长长的脖子，就像从由绿叶组成的大海中树起的一根草茎。

"我的肩膀去哪儿了？还有我可怜的双手，我看不到它们了！"爱丽丝边说边活动着双手，只看见远处的树叶在微微摇晃。

爱丽丝高兴地发现，她的脖子可以朝任何方向弯曲，就像蛇一样！她刚把脖子弯下来，准备潜入树丛中，一只大鸽子撞在她的脸上，用翅膀猛烈地拍打她。

"蛇！"鸽子尖叫道，接着悲伤地说，"我什么都试过了，但他们好像软硬不吃！我试过树根，试过河岸，试过篱笆。可那些蛇……我根本没有办法让他们满意。就好像孵蛋还不够烦似的，我还得白天黑夜提防着蛇！唉，我都三个星期没合过眼了！"

"听你这么说，我很难过。"爱丽丝说。

"我以为终于摆脱了他们，"鸽子继续说道，"他们竟然从空中爬了下来。呸，蛇！"

"可我不是蛇，我向你保证！"爱丽丝说，"我是——我是——我是一个小女孩。"爱丽丝说。她想起这一天经历了这么多变化，自己都不太确定这句话说得对不对。

"说得好像真的似的，"鸽子说，"我见过很多小女孩，从来没有一个脖子像你这样的！不！你就是一条蛇。我猜你接下来

不受控制的手臂

试着抬起你的手臂，现在把它放下来。很简单，对不对？对爱丽丝来说可不是这样的，她发现很难像移动她的脖子那样移动身体的其他部位。通常情况下，你的脑会告诉身体的各个部分什么时候移动，但事实并不总是这样的。

把书翻到第76页，看看如何欺骗你的手臂，让它在没有你的指令的情况下移动。

会告诉我,你从来没有吃过蛋吧!"

"我吃过蛋。"爱丽丝说,她是个非常诚实的孩子,"可小女孩也像蛇一样经常吃蛋呀。"

"我不相信,"鸽子说,"如果吃蛋,你肯定是一种蛇,没啥可说的。"

"好了,赶紧从我眼前消失吧!"鸽子气呼呼地说完,又回窝里孵蛋去了。爱丽丝蹲在树丛中,但她的脖子总是被树枝缠住,需要时不时停下来解开。过了一会儿,她想起来手里还有蘑菇呢,于是非常小心地吃起来,先啃啃这块,再啃啃那块,有时变高,有时变矮,最后总算恢复到了正常的身高。

爱丽丝已经很久没有拥有正常身高了,所以一开始觉得有点儿别扭,但她很快就习惯了,又开始自言自语。"好了,计划已经完成了一半!变来变去都把人弄糊涂了。我已经恢复了身高,下一件事就是进入那个漂亮的花园。可是,要怎么才能进去呢?"

动手做一做

几何艺术

在坐标纸上通过简单的计算画出重复图案。这些图案有没有让你想起在大自然中看到的某样东西？

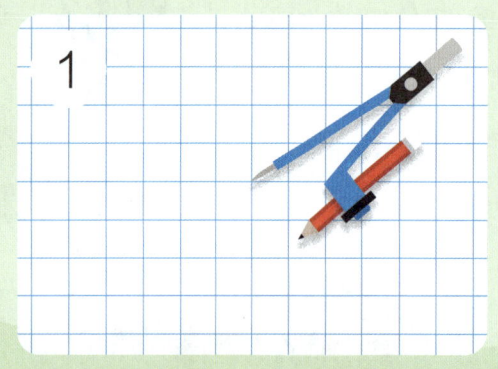

准备材料
- 圆规
- 铅笔
- 坐标纸
- 彩笔

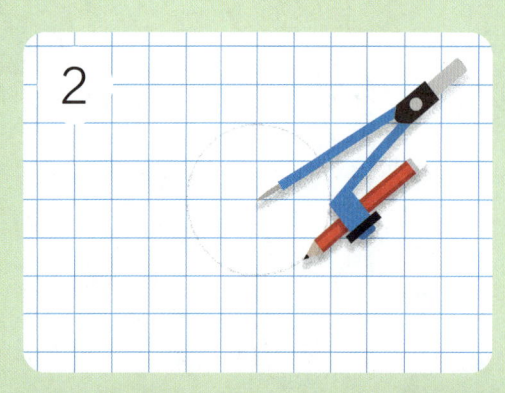

1 将铅笔固定在圆规上，将圆规尖放在坐标纸的中心位置。

2 以两个格为半径（圆规尖和铅笔尖之间的距离），用圆规画一个圆。

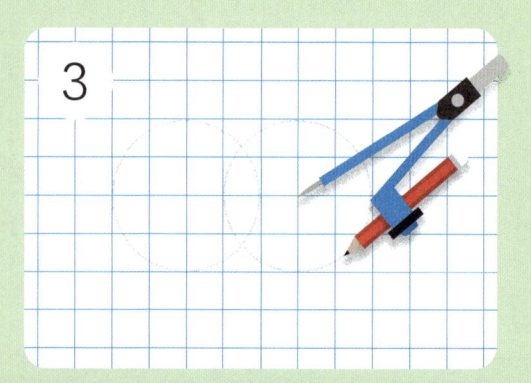

3 将圆规尖向右水平移动3个格，再画一个半径相同的圆。第二个圆应该与第一个圆重叠一个格。

数学

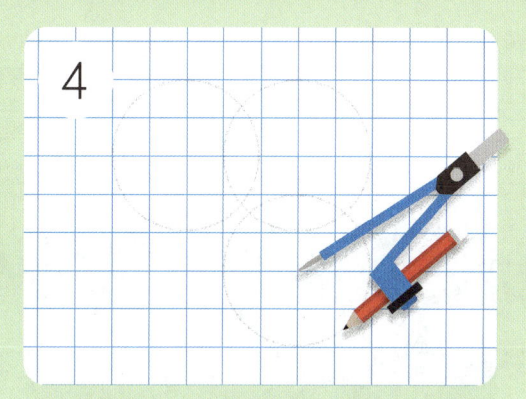

4

往下数3个格，把圆规尖移过去，以同样的半径再画一个圆。你能看到重复的图案吗？

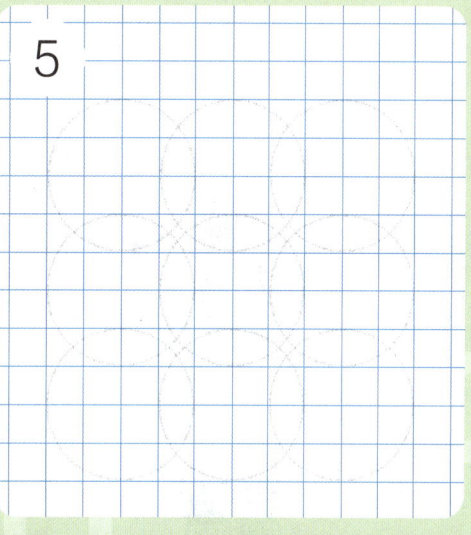

5

继续向左、向右、向上和向下移动3个格，以同样的半径画圆，直到这张纸上画满圆。

6

你可以把两个圆重叠的部分挑出来，涂上颜色，它们看起来像花瓣一样，对不对？除此之外，你看没看到其他图案？

原理

通过几何学原理，你已经创造了一个简单的重复图案。这种由多个相同形状组成的图案，在大自然中随处可见。观察一下雪花、贝壳和花朵中的几何图案吧。

073

动手做一做

不受控制的手臂

你的手臂能在没有脑的指令的情况下移动吗?下面这个实验研究了肌肉的非自主性收缩,也就是肌肉不受控制的收缩。

准备材料
- 敞开的门口
- 你自己
- 秒表或手机上的计时器(可选)

1 站在敞开的门口,一只手抵住门框。

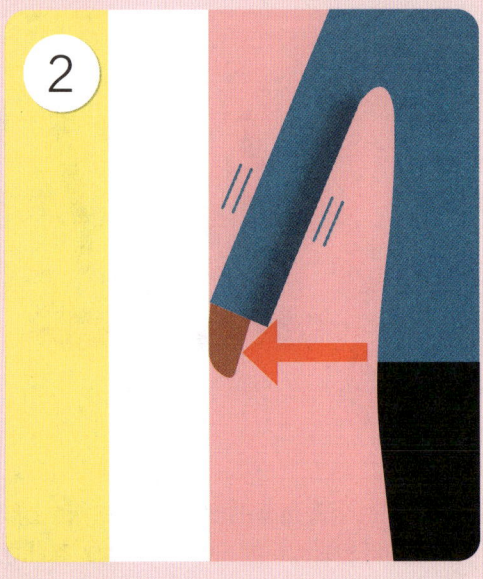

2 用全力将手背压在门框上,就像要把门框推开一样。

提示

秒表或手机上的计时器可以帮你更准确地计时,更好地比较实验结果。

科学

3 60秒

持续用力,同时慢慢数60秒。当然,你也可以使用秒表计时。

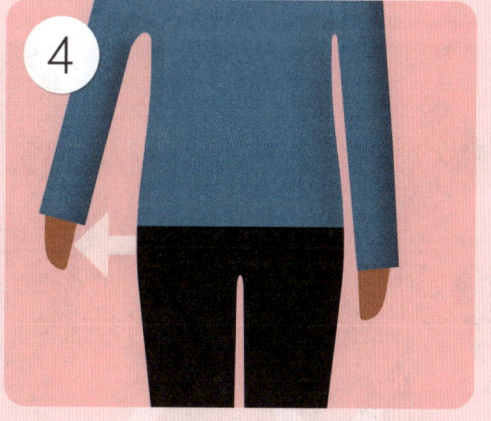

4

时间到了,让手臂离开门框,并将其放在腿外侧,完全放松。你会发现什么情况?

5 120秒

如果时间超过60秒会怎么样?试试不同的时间长度,看看这对结果有什么影响。

原理

通常情况下,脑会命令你的肌肉收缩,从而做出动作。在这个实验中,长时间重复一个动作(抵住门框),引发了非自主性肌肉收缩,你的手臂会不由自主地抬起来。